AF271977

Feuchte Lippen, nasse Höschen

Lisa Stern

Feuchte Lippen, nasse Höschen

schlüpfrige erotische Geschichten

Bibliografische Information der Deutschen Nationalbibliothek
Die Deutsche Nationalbibliothek verzeichnet diese Publikation in der Deutschen Nationalbibliografie; detaillierte bibliografische Daten sind im Internet über http://dnb.d-nb.de abrufbar.

Herstellung und Verlag: Books on Demand GmbH, Norderstedt
ISBN-13: 9783844807912

Cover-Foto: Lizenz von Digitalstock.de (A. Rosner)

Inhalt

1. Dark Room Sex

Manuela, 39 Jahre

Als ich zu mir kam war es dunkel, stockdunkel. Ich lag auf einem Bett, wahrscheinlich eine Art Futon, völlig nackt. Meine Arme und Beine waren an jeweils einer Ecke des Bettes befestigt. Mein Mund war mit Klebeband verschlossen und meine Augen mit einem Tuch verbunden. Die Umgebung konnte ich nur noch akustisch wahrnehmen. Es war still, mucksmäuschenstill. Minutenlang. Ich hatte kein Zeitempfinden, keine Vorstellung, wie groß der Raum war und ob überhaupt jemand in meiner Nähe war. Heiß war es und schwül. Schweißtropfen liefen mir am Körper hinunter und kitzelten mich unabsichtlich.

Wo war ich? Wie kam ich hierher? Was sollte das alles? Ich hatte keine überzeugende Antwort auf diese Fragen, keine Erinnerung an das, was zuvor geschehen war. Ich wollte einfach nur raus da, nach Hause zu meinem Andy. Ich hatte große Angst, Angst um mein Leben.

Wenn ich mich konzentrierte, hörte ich eine Uhr leise ticken und konnte Schritte wahrnehmen. Als ob eine Person oder viele Personen im Raum hin und her laufen würden, sogar um mein Bett herum. Das Bett musste demnach mitten im Raum gestanden haben.

Was machen die? Was haben die vor? Ich spürte plötzlich eine Hand auf meinem Bauch, noch eine und noch eine. Bald war mein ganzer Körper bedeckt mit Händen. Sie strichen mir über meinen schweißnassen Körper. Die Hände mutierten nach und nach zu Zungen, die mir an jeder Stelle meines Körpers die salzigen Schweißperlen ableckten. Es fiel mir schwer, diese Zungen zu zählen. Drei, sechs oder gar zehn. Vielleicht auch nur eine, die sich blitzschnell über meinen ganzen Körper bewegte. Nein, es waren mehrere. So schnell kann sich ein einzelner Mensch gar nicht bewegen. Oder war es gar kein Mensch?

Ich hörte, wie die Personen atmeten, spürte wie ihr Atem auf meinen Körper traf und ihn für einen kurzen Moment kühlte. Ich nahm Zungen an meinen Füßen wahr, sie leckten an meinen verschwitzten Fußsohlen. Es war wie eine Folter, doch ich musste lachen und dann auf einmal weinen. Ich wollte schreien, doch es ging nicht, ich konnte meinen Mund nicht öffnen.

Meine Zehen verschwanden nacheinander in einem feuchtwarmen Mund, der intensiv an ihnen lutschte. Erst an den Zehen des rechten Fußes, dann an denen des linken Fußes. Eine Hand umkreiste meinen Scheideneingang, berührte vorsichtig meine Schamlippen und meine Liebesperle. Es gefiel mir, obwohl ich den Mann nicht sehen konnte. Aber war es überhaupt ein Mann? Minutenlang befingerte die unbekannte Person meine Spalte, bis meine Feuchtigkeit zu fließen begann. Ich schämte mich vor den fremden Personen für meine hormonelle Reaktion, es war mir äußerst peinlich.

Langsam drängte sich ein Finger in meine Spalte. Er hatte keine Probleme in mich einzudringen, so nass war ich bereits. Die Person massierte gezielt aber sehr zärtlich meinen G-Punkt, bis er anschwoll und ich das Gefühl hatte, ganz dringend pinkeln zu müssen. Dann zog der Mann oder die Frau den Finger plötzlich wieder heraus und Sekunden später war es eine nasse Zunge, die meine lüsterne Spalte liebevoll verwöhnte.

Immer noch machte sich jemand an meinen Füßen zu schaffen. Es war also doch nicht nur eine Person. Ich fühlte auf einmal etwas Weiches an meinen Wangen. Was war das? Eine Brust? Ja, es waren Brüste, mehrere, die mein Gesicht berührten. Deutlich konnte ich die harten Nippel wahrnehmen. Frauen waren also auch dabei. Aber wie viele? Waren es vielleicht nur Frauen?

Jemand kniete sich zwischen meine gespreizten Schenkel. Etwas Großes, Hartes drängte sich ganz langsam zwischen meine aufgeblätterten Schamlippen. Ein Dildo? Nein, es war kein Dildo. Es war etwas Warmes aus Fleisch und Blut, ein Schwanz, ein mächtiger. Es waren also mindestens ein Mann und mindestens zwei Frauen. So viel war klar. Was hatten die mit mir vor? Warum spricht keiner mit mir?

Ich war hin und her gerissen. Einerseits steigerte ich mich immer mehr in meine Angst, aber andererseits erregte mich diese außergewöhnliche Situation unheimlich. Es war ein supergeiles Gefühl von jemandem gevögelt zu werden, den ich noch nie zuvor gesehen habe. Alles war so fremd, aber wiederum auch vertraut. Die Personen, die mich sexuell verwöhnten, waren einfühlsam und zärtlich, wussten genau, worauf ich abfuhr. Mir kam es fast so vor, all diesen Personen schon einmal im Leben begegnet zu sein.

Der Schwanz des Mannes drang bei seinen rhythmischen Stößen tief in mich ein. Glückshormone überschwemmten meinen Körper und lösten ein befriedigendes Wohlbefinden in mir aus. Erneut wurde gezielt meine empfindlichste Stelle meiner Vagina stimuliert. Diesmal war es ein Penis, der sie sanft massierte. Woher wusste dieser Mann, dass ich an dieser Stelle ganz sensibel und außergewöhnlich reagiere, wenn ich komme?

Ja, ich ejakuliere manchmal beim Orgasmus. Das gebe ich ohne mich dabei zu genieren zu. Im Gegenteil, ich bin sogar stolz darauf. Nicht alle Frauen können dies. Das heißt, viele Frauen haben sich noch gar nicht die Mühe gemacht, sich selbst daraufhin zu testen. Zu testen, ob sie ihren G-Punkt so stark stimulieren können, dass auch sie ejakulieren. Ich kann diesen Frauen nur dazu raten, es einmal selbst auszuprobieren. Es ist ein himmlisches Gefühl.

Die Bewegungen des Mannes wurden schneller und intensiver. Ein merkwürdiger, mir sehr vertrauter und intensiver Geruch stieg mir plötzlich in die Nase. Es roch wie meine Hand, nachdem ich es mir selbst gemacht habe. Etwa, wenn ein Akt mit Andy mich nicht vollständig befriedigt hat. Es roch wie eine ungewaschene Möse nach einem langen, schwülen Sommertag, verfeinert mit ein paar Tropfen Urin. Blind, nur durch Kreisen meiner Zunge, versuchte ich die vermeintliche Möse zu ertasten. Doch meine Zunge konnte sekundenlang nichts finden. Aber dieses typische Aroma hatte ich stets vor meiner Nase. Wollte man mich etwa ärgern?

Jemand befreite meinen Mund vorsichtig und mit sehr viel Gefühl von dem lästigen Klebeband. Sofort begann ich Fragen zu stellen, doch niemand antwortete mir. Dann setzte sich jemand auf mein Gesicht, unverkennbar eine Frau und direkt auf Nase und Mund. Ich bekam kaum noch Luft. Meine Nase bohrte sich in eine tropfnasse Vagina. Meine Zunge schlabberte ihren Liebessaft, der reichlich floss.

Immer noch vögelte mich der unbekannte Mann. Mir war klar, dass ich jeden Moment explodieren würde. Mein G-Punkt war zum Bersten angeschwollen, ich spürte den sich ankündigenden Orgasmus. Aus dem geöffneten Geschlecht der Frau über mir tropfte Vaginalsekret in meinen Mund.

Der fremde Mann zog nun seinen Schwanz aus meiner Möse und spritzte auf meinen Bauch. Im gleichen Moment spritzte mein glasklares Ejakulat in hohem Bogen und mit einem starken Strahl aus meiner Mitte. Ich konnte nicht sehen, wo es auftraf. Wahrscheinlich traf ich den Mann, der mich gevögelt hatte, am Oberkörper, vielleicht auch im Gesicht.

Die Frau, deren Möse ich immer noch leckte, lachte herzlich und laut. Aufgrund dessen öffnete sich der Schließmuskel ihrer Blase und ein kleiner Schwall heißer Urin spritzte mir in den Mund. Er schmeckte warm und salzig. Sofort stieg sie von mir ab. Sicher war es ihr peinlich, fand es abartig, mir in den Mund uriniert zu haben.

Unmittelbar danach spürte ich, wie mich ein erigierter Schwanz an meiner Wange streichelte. Ein zweiter erzwang sich Eintritt in meinen Mund. Ich lutschte erst an dem einen und dann an dem anderen Penis. Ein drittes Glied drängte sich in meine Vagina. Also Noch ein Mann. Ich hörte nun auf, die Personen zu zählen. Meine Spalte war immer noch empfindlich. Sofort reagierte meine Scheide mit heftigen Kontraktionen, als der harte Kolben meinen G-Punkt massierte. Wieder spritzte ich, doch diesmal nicht so viel. Ich spritzte und hatte immer noch einen Penis in meiner Möse. Ein geiles Gefühl.

Auch den Mann musste diese Situation ungemein angemacht haben, denn auch er ejakulierte sofort und füllte mich ab mit seinem Sperma. Sofort spritzten auch die Männer ab, an dessen Schwänzen ich gerade lutschte. Ich badete förmlich im Sperma. Doch das war noch nicht das Ende. Ein weiterer Schwanz drängte sich in meine abgefüllte Möse, gleich nachdem der andere Mann von dem Bett abgestiegen war. Der Penis dieses Mannes war viel kleiner, als alle vorhergehenden. Ich spürte kaum etwas, sodass auch mein G-Punkt nicht sonderlich gereizt wurde. Es dauerte jedoch nicht lange und der Mann entlud sich ebenfalls in meiner Pussy, die nun fast bis zum Eichstrich gefüllt war.

Jemand band meine Hände los. Als ich mit meinen befreiten Armen meine Umgebung erkundete, fühlte ich, dass rechts und links neben dem Bett je eine Frau stand. Nun befreite man mich auch von meiner Augenbinde. Trotzdem konnte ich kaum etwas um mich herum erkennen, Es war dunkel im Raum, diffuses Licht, nur eine kleine Kerze brannte auf einem Tisch, der in einer Ecke des Raumes stand.

Das Zimmer, etwa sechs mal sechs Meter groß, war gefüllt mit mehreren Männern und Frauen, alle waren sie nackt. Wie viele es genau waren konnte ich nicht erkennen, nur erahnen. Vielleicht fünfzehn oder zwanzig. Keiner sprach ein Wort. Man verständigte sich in einer mir unbekannten Zeichensprache.

Die Frauen neben mir beugten sich über meinen Oberkörper. Ihre Brüste berührten meinen Oberkörper, meinen Busen. Hinter ihnen stand jeweils ein Mann, der sie von hinten nahm. Am Fußende meines Bettes erkannte ich schemenhaft eine kleine Schlange von Männern, die vermutlich alle darauf warteten, mich endlich vögeln zu dürfen. Doch bevor mich der nächste Mann nahm, kam erst mal eine etwas korpulente Frau, die mir genüsslich das angesammelte Sperma aus der Möse schlürfte. Nachdem sie nach gefühlten zwei Minuten wieder von dem Bett stieg, sah ich, dass sie schwanger war, in einem schon ziemlich fortgeschrittenen Stadium.

Weiter im Programm. Der nächste Mann stieß mir seinen Schwanz in meine Möse. Diesmal hatte ich ein ganz anderes Gefühl. Es war das Gefühl des Dringend-mal-pinkeln-müssens. Meine Bitte, mich doch mal kurz aufs Klo gehen zu lassen, wurde mittels Kopfschüttelns in den Wind geschlagen. Verstanden die etwa meine Sprache nicht? Ich zeigte mit meinen Händen auf meine Möse, doch mein Flehen wurde nicht erhört. Bald würde ich wieder spritzen, doch dann würde es Urin sein. Hatte man es gar darauf abgesehen? War ich etwa deshalb immer noch mit den Füßen ans Bett gefesselt?

Wieder setzte sich eine Frau auf mein Gesicht. Ihre Möse schmeckte nach frischem Sperma. Es tropfte mir sogar in den Mund, doch ich ekelte mich nicht. Ich schleckte ihr genüsslich ihre Spalte, bis ich spürte, wie ihre Vagina pulsierte. Ich war einfach nur geil, steckte ihr zwei Finger in die triefende Möse und suchte ihren G-Punkt. Mit meiner anderen Hand drückte ich auf ihren Bauch. Doch ich konnte sie nicht zum ejakulieren bringen. Stattdessen pinkelte sie mir auf die Hand. Ich drückte noch fester auf ihren Bauch. Der Strahl wurde stärker, traf mein Gesicht. Ich öffnete den Mund, versuchte alles zu schlucken. Ich war wie von Sinnen, konnte nicht mehr klar denken. Mein Gehirn arbeitet nicht mehr, ich funktionierte nur, gesteuert durch meinen fast schon perversen Sexualtrieb.

Der Mann, der mich gerade fickte, verströmte sich in meiner Vagina und mir war klar, dass es beim nächsten Mann passieren würde. Dann würde ich nämlich ebenso pinkeln, wie die Frau, die gerade über meinem Gesicht hockte. Doch das war mir schnurzegal. Der Gedanke daran, dass ich gleich ausströmen würde, machte mich nur noch geiler.

Nachdem die dicke schwangere Frau wieder den „Schlammräumer" spielte, kniete sich der nächste Mann zwischen meine gespreizten Schenkel. Sein pralles Glied in der rechten Hand, bereit es einzuführen. Doch er kam nicht dazu. In diesem Moment hatte ich meine Blase nicht mehr unter Kontrolle und spritzte dem Man auf den Schwanz. Dem schien es jedoch zu gefallen. Sofort beugte er sich nach unten und versuchte den Strahl mit seinem Mund aufzufangen. Ich hörte, wie er gierig schluckte, sodass nur wenig Urin auf dem Laken des Bettes landete. Ohne mich zu vögeln stieg er anschließend wieder von dem Bett. Seine Hand war voller Sperma. Er hatte es sich selbst gemacht, während er meinen goldenen Saft trank. Wie geil war das denn?

Ich hörte einen Wecker. Es war ein vertrautes Klingeln. Es war mein Wecker. Nein! Das kann doch nicht wahr sein. Halb sieben Uhr morgens. Meine Orgie war abrupt zu Ende. Das Ganze war nur ein Traum! Andy lag neben mir und schlief noch. Er steht immer eine halbe Stunde nach mir auf. Beamter halt.

Etwas war anders, als sonst immer morgens. Ich fasste mir zwischen die Beine. Alles war nass. Doch es war nicht nur die Erregung, die die Nässe ausmachte, ich hatte ins Bett gepullert. Oh, mein Gott, das war mir seit meiner Kindheit nicht mehr passiert.

Als Andy aufwachte, die nasse Matratze sah und mit einem fragenden Blick zu mir ins Bad kam, schämte ich mich. Was sollte ich ihm nur erzählen? Doch ich regierte richtig. Ich erzählte ihm nämlich von meinem sonderbaren Traum. Das Ergebnis war, dass wir gemeinsam noch mal zurück in Bett gingen und Andy es mir besorgte, wie seit langem nicht. Meine wahre Geschichte hatte ihn so geil gemacht, wie schon lange nicht mehr. Es war einfach wunderbar, in einem Bett zu vögeln, das nach frischem Urin und weiblichen Sexuallockstoffen roch.

2. Liebhaber auf Abruf

Luisa, 35 Jahre

Vor etwa einem halben Jahr wurde mein Mann quasi von heute auf morgen impotent, das heißt im Klartext: Martin bekam keinen mehr hoch. Und wenn, dann war sein Schwanz nicht steif genug, um ihn in meine Vagina einzuführen. Bis heute sind die Ärzte noch nicht dahintergekommen, was die Ursache dafür ist. Die einen vermuten, dass es mit seinem Alter, er wird nächstes Jahr immerhin 58, zusammenhängt, vielleicht sind es die männlichen Wechseljahre. Andere wiederum meinen, es wäre psychisch bedingt. Ihm würde der Altersunterschied zwischen uns zu schaffen machen. Dadurch würde beim ihm ein enormer Druck aufgebaut, unbedingt funktionieren zu müssen.

Martin ist jetzt in einem Alter, wo die eine oder andere Körperfunktion etwas nachlässt, unter anderem auch die Libido. Das ist sicher ganz normal für einen Mann in seinem Alter. Vielleicht verkraftet Martin das seelisch nicht. Für mich ist es ja auch eine Umstellung. Während Martin mich früher mit seinem großen Dödel glücklich gemacht hat, versucht er heutzutage mit der Hand oder seiner Zunge annähernd das Gleiche zu erreichen. Das klappt aber nicht so, wie wir es uns vorgestellt haben. Ein Finger oder eine Zunge kann nun mal kein Schwanz ersetzen. Das kapiert auch Martin. Und es belastet ihn. Ein Teufelskreis. Jahrelang hat mich Martin auf, sagen wir mal, normale Weise befriedigt. Und das mehrmals in der Woche. Plötzlich geht das nicht mehr. Katastrophe hoch zweiunddreißig.

Nach längerem Experimentieren haben wir herausgefunden, dass es Martin erregt, wenn ich es mir selbst besorge und er mir dabei zuschaut. Über einen Online-Versand habe ich mir extra eine Auswahl von Dildos bestellt. Martin legt dann seinen Kopf auf meinen Bauch oder zwischen meine gespreizten Beine und beobachtet mich beim Masturbieren, bis ich vor Lust laut schreie und meine Vagina pulsiert. Martin bekommt dabei immer einen Ständer. Doch sobald er in mich eindringen will, macht sein Penis wieder schlapp. Ähnlich verläuft es, wenn ich ihm einen blase. Erst schaut er mir zu, bis ich komme, danach blase ich ihm einen. Bei dieser sexuellen Spielart kommt er sogar ab und zu.

Vor etwa einem Monat fragte mich Martin, ob ich mir vorstellen könnte, mit einem anderen Mann zu schlafen und er würde mir dabei zuschauen. Ich war wie vom Donner gerührt, war total sprachlos und wusste im ersten Moment gar nicht, wie ich auf seine Frage reagieren sollte. Fast eine halbe Stunde redete Martin auf mich ein, bis ich seine Argumentation so einigermaßen nachvollziehen konnte. Auf meine Gegenfrage, ob er denn schon jemand für mich ins Auge gefasst hätte, antwortete er jedoch etwas ausweichend: „Vielleicht … mal sehen … kann sein."

Als Martin ein paar Tage später abends von der Arbeit nach Hause kam, war er in Begleitung eines Mannes. Patrick hieß er. Martin meinte, er hätte ihn mal bei einem Kongress kennengelernt. Ich wusste genau, was dies zu bedeuten hatte und Martin versuchte erst gar nicht, mir den Grund seines Besuches zu erklären. Er muss es mir wohl angesehen haben, dass Patrick mir sofort sympathisch war und, dass ich mir sehr gut vorstellen konnte, mit ihm intim zu werden. Wie sich nach einem kurzen Gespräch herausstellte, war Patrick geschieden und wollte sich nicht mehr fest binden. Er war etwa in meinem Alter, sehr attraktiv, hatte eine ansehnliche Figur und ein gepflegtes Äußeres.

Nach einem gemeinsamen Abendessen schritten wir zur Tat. Anfangs bewegten wir uns etwas unbeholfen und hölzern und wussten nicht so recht, wie wir beginnen sollten. Martin hatte dann die Idee, ins Bad zu gehen. Bei einem gemeinsamen Duschen, würde uns schon warm werden. Die Idee fand ich sehr gut, denn ich hatte einen anstrengenden Tag hinter mir und bei über dreißig Grad im Schatten kam ich ganz schön ins Schwitzen. Ich fühlte mich schmutzig, besonders im Intimbereich. Und eine verschwitzte, muffelnde Möse wollte ich Patrick beim ersten Mal ganz und gar nicht präsentieren.

Im Wohnzimmer entledigten wir uns rasch unserer Kleidung, bis auf die Unterwäsche, das heißt ich behielt noch BH und Höschen an und Patrick und Martin ihre Slips. Bei Patrick fiel mir sofort seine große Beule in der Unterhose auf und ich erinnerte mich an Martins goldene Zeiten. Es ist ja nicht so, dass wir uns nicht mehr lieb hätten. Wir lieben uns immer noch so, wie am ersten Tag. Das mit Patrick sollte eine Art Experiment sein, gewissermaßen auch eine Art Therapie mit mehreren Sitzungen.

Wir begaben uns also ins Bad. Die Vorfreude darauf, nach einer langen Zeit der Penis-Enthaltsamkeit gleich einen richtigen Schwanz aus Fleisch und Blut in meiner Möse spüren zu dürfen, ließ meine Säfte laufen. Mein Höschen war bereits so nass, dass es an meinem rasierten Fötzchen klebte und man mir meine Wünsche von den Lippen ablesen konnte. Ich hatte nur ein Ziel: Sofort unter die Dusche.

Doch es kam ganz anders. Patrick öffnete als erstes meinen BH und streifte ihn mir über meine Brüste. Meine steif aufgerichteten Nippelknospen signalisierten ihm meine Lust und mein Verlangen. Er kniete sich vor mich und streifte mir gefühlvoll meinen Slip von den Beinen. Ich gab ihm zu verstehen, dass ich unbedingt erst duschen wollte, doch er bestand darauf, es später zu tun. Mit seiner rechten Hand berührte er meine heiße, nasse Möse und führte anschließend selbige Hand an Mund und Nase.

Ich schämte mich, war total unsicher. Was würde er wohl denken? So eine unsaubere Frau. Hat sich vielleicht schon ein paar Tage nicht mehr die Möse gewaschen. Als er dann seine Hand vor meine Nase hielt und ich das intensive Aroma wahrnahm, das meine erregte und zugleich auch verschwitzte Muschi verströmte, wäre ich am liebsten im Erdboden versunken. Erst als Patrick sagte: „Ich liebe diesen strengen, aromatischen Mösenduft bei einer Frau", beruhigte ich mich langsam wieder.

Patrick setzte sich auf die kalten Fliesen des Bades und ich platzierte mich so, dass er bequem meine Pussy lecken konnte. Martin machte es sich unterdessen auf dem Toilettenbecken bequem und tätschelte seinen Schwanz, der langsam anfing an Größe zu gewinnen.

Je intensiver Patrick an meinem nassen Geschlecht leckte, desto mehr stieg mir mein eigenes Muschiaroma in die Nase. Mit beiden Händen fasste Patrick mich an meinen prallen Pobacken und seine Zunge bearbeitete laut schlürfend meine triefende, duftende Spalte.

Die kalten Fliesen und die fehlenden Sitz- und Liegemöglichkeiten behagten mir nicht und ich schlug daher vor, uns ins Schlafzimmer zu begeben. Dort legte ich mich aufs Bett und Patrick kniete sich zwischen meine weit gespreizten Beine. Martin legte sich neben uns, in einer bequemen Position, bei der er Patrick und mich optimal beobachten konnte.

Ich war total aufgeregt, denn mir war klar, dass ich jeden Moment Patricks Schwanz in mir spüren würde. Just in dem Augenblick, als Patrick gerade dabei war, mir sein steifes Glied einzuführen, rief Martin: „Halt! Stopp!" und stand wieder auf. Patrick schaute Martin verwundert hinterher und zog seinen Schwanz sofort wieder raus aus meiner dürstenden Vagina. Sekunden später war Martin zurück, in der Hand hielt er unseren Camcorder, den er bereits auf Aufnahme gestellt hatte.

„Keine Angst, nur für den Hausgebrauch, nicht fürs Internet", meinte er, aber Patrick war nicht sehr begeistert davon, was man ihm deutlich ansah.

Martin legte sich mit der laufenden Kamera aufs Bett und Patrick dirigierte seinen großen Ständer erneut in meine lustvoll kribbelnde Pussy. Damit provozierte er einen lauten Glücksseufzer bei mir und ein glückliches Lächeln auf den Lippen. Als er seinen Schwanz bis zur Wurzel in meiner Muschi versenkt hatte, verharrte er für einen Moment in dieser Position, schaute mir ins Gesicht und fragte: „Gefällt es dir so?"

Ich nickte zufrieden und forderte ihn nun auf, kräftig zu stoßen. Das ließ er sich nicht zweimal sagen. Mit beiden Händen nahm er meine Beine und leckte abwechselnd an meinen zierlichen Füßen. Und schon wieder war es mir peinlich, denn auch meine Füße hatten einen langen schwitzigen Tag in luftundurchlässigen Pumps hinter sich. Doch Patrick schien das strenge Aroma meiner Füße zu genießen. Er konnte gar nicht wieder aufhören. Erst als ich ihn darauf hinwies, doch seine eigentliche Aufgabe nicht zu vernachlässigen, begann er wieder kräftiger zu stoßen. Jetzt beugte er sich zu mir herunter und küsste mich. Martin nahm alles akribisch mit dem Camcorder auf, während er mit einer Hand seinen Schwanz bearbeitete, der inzwischen recht steif geworden war.

Patricks Hände hatten derweil meine Brüste entdeckt, die jede Bewegung seiner Stöße mitmachten und sich wie ein Wackelpudding hin und her bewegten. Ich gab mich total meinen Gefühlen hin und so dauerte es auch gar nicht lange, bis ich meinen ersten Höhepunkt erlebte. Als Patrick meine pulsierende Lustquelle wahrnahm, lächelte er und sagte: „Schön, dass es dir gefällt."

Patrick legte sich nun auf den Rücken und ich setzte mich auf seinen immer noch steifen Schwanz. Nun bestimmte ich das Tempo und die Intensität der Stöße. Patrick bemächtigte sich mit beiden Händen unterdessen wieder meiner frei schwingenden Brüste, an dessen Nippeln er saugte, wie ein Baby.

Plötzlich spürte ich etwas Hartes an meiner Rosette. Erst dachte ich, es wäre eine von Patricks Händen, doch mit denen hatte er meinen Busen fest im Griff. Als ich mich umdrehte, staunte ich nicht schlecht, es war Martin, der seinen steifen Schwanz in meinen Anus schieben wollte. Sollte diese Therapie etwa schon beim ersten Mal anschlagen? In der rechten Hand hielt er immer noch den Camcorder. Oh, mein Gott, dachte ich. Zwei Schwänze in mir, das halte ich nicht aus. Und als beide auch noch auf meine gefüllte Blase drückten, ärgerte ich mich, dass ich zuvor nicht noch mal pullern war. Ich habe nämlich eine ganz empfindliche Blase, die sich beim Orgasmus manch-mal von ganz alleine entleert. Deshalb gehe ich vor dem Sex prophylaktisch stets aufs Klo. Das weiß Martin aber. Wollte er etwa diese peinliche Situation pro-vozieren? Es wäre dann das dritte Mal, wo ich mich bis auf die Knochen schämen würde.

Doch für eine Unterbrechung unserer „heilenden Sitzung" war es längst zu spät. Patrick war kurz da-vor, sich in mir zu entladen. Das spürte ich an seinem Atem und daran, dass er stark schwitzte. Außerdem war er hochrot im Gesicht. In dieser Situation konnte ich nicht einfach absteigen und eine Auszeit nehmen. Das wäre unfair ihm gegenüber gewesen. Also ließ ich es darauf ankommen.

Dann war es soweit. Patrick spritzte in mehreren Schüben in meine Vagina. Dieses wunderbare Gefühl provozierte meinen zweiten Orgasmus, während Martin mir unentwegt weiter in meinen Anus stieß und dabei meine Blase reizte. Als ob ich es geahnt hätte, auf einmal spritzte der Urin im gleichen Rhythmus aus meiner Harnröhrenöffnung, wie Martin es mir mit seinen Stößen in den Po besorgte.

Schnell reichte er den Camcorder weiter an Patrick, der alles genau aufnahm und dabei riskierte, dass das Objektiv nass wurde. Doch darüber machte sich in diesem Augenblick keiner Gedanken. Vielmehr freute ich mich, als wenige Sekunden, nachdem ich kam, auch Martin seinen Samen in meinen Darm spritzte. Währenddessen gelang es mir, meinen Urinfluss vorerst zu stoppen.

Patrick gefiel dies überhaupt nicht. „War das etwa schon alles?", fragte er enttäuscht. „Hat dir Martin nicht gesagt, dass ich auf Natursekt stehe?"

Ich schaute Martin fragend an. „Nein, hat er nicht." Dann fiel es mir wie Schuppen von den Haaren. „Ach jetzt begreife ich langsam. Du hast es darauf ankommen lassen, dass ich pinkeln muss, wenn ich komme. Du bist aber ein ganz ein Hinterlistiger."

„Schlimm?", fragte mich Martin und schaute dabei wie ein treues Hündchen.

„Na ja, ich lass es noch mal durchgehen", lächelte ich ihn an. „Und was mache ich jetzt mit dem Rest aus meiner Blase?"

„Setz dich doch ganz einfach auf mein Gesicht und lass es in meinen Mund laufen", schlug Patrick vor.

„Ich kann dir doch nicht einfach in den Mund pinkeln."

„Warum nicht? Ist doch nichts dabei. Nehmen wir uns doch mal ein Beispiel bei den Tieren. Bei vielen von ihnen gehört es zum Liebesspiel. Ich find's geil. Bitte!"

„Okay, wenn du mich so lieb bittest", sagte ich und schon kauerte ich mich über Patricks Gesicht. „Aber pass auf, dass nicht so viel daneben geht, ich habe gerade frisch bezogen."

„Wieso ich? Du musst einfach nur richtig zielen, dann funktioniert das schon."

Patrick öffnete weit seinen Mund und ich konzentrierte mich darauf, genau in diese Öffnung zu zielen. Schon kamen die ersten Tropfen, aus denen sich rasch ein Strahl entwickelte, der tatsächlich mitten in seinem Mund landete.

Martin, der wieder den Camcorder bediente, scherzte hinter mir: „Bist du mit der Nummer noch frei?"

„Blödmann! Alles nur wegen dir. Aber so langsam beginnt es, mir auch Spaß zu machen."

„Na siehst du. Man lernt nie aus."

Als ich fertig war und von Patrick abstieg, sah ich, dass er bereits wieder einen Ständer hatte. Dass er für mich Toilette spielen durfte, hatte ihn sichtlich erregt. Ich kniete mich vor ihn und fragte: „Was haben wir denn da schon wieder? Da müssen wir doch was dagegen tun, oder?"

„Das halte ich für eine ausgesprochen gute Idee", antwortete Patrick.

So ging das noch den ganzen Abend weiter. Als ich Patrick oral befriedigt hatte, war ich schon wieder hibbelig und lüstern. Diesmal war es tatsächlich Martin, der es mir ordentlich besorgte. Das wiederum machte Patrick Appetit und er brachte mich gleich anschließend noch einmal zum Höhepunkt.

Am nächsten Abend schaute ich mir zusammen mit Martin auf unserer gemütlichen Couch den Film an. Und siehe da, Martin schaffte es schon wieder, mich zum Höhepunkt zu bringen. Die erste „Sitzung" war also erfolgreich verlaufen.

Eigentlich hätten wir keine weiteren „Sitzungen" mehr nötig gehabt, doch wir veranstalteten sie trotzdem. Wir sind auf den Geschmack gekommen und finden es gar nicht so übel, sich zu dritt zu vergnügen. Vor allem, wenn man immer mal was Neues ausprobiert.

3. Mittelalterliche Orgie

Carsten, 38 Jahre

Von Zeit zu Zeit veranstalten wir in unserem Zwingerklub sogenannte Themenabende. Diese Abende stehen dann unter einem ganz bestimmten, manchmal auch ausgefallenem, Motto, wie zum Beispiel „Besuch im Zoo". Bei diesem Thema muss jeder der anwesenden Klubmitglieder eine Karte ziehen auf denen verschiedene Tiere abgebildet sind. Anschließend setzt die Person die entsprechende Tiermaske auf und muss versuchen dieses Tier nachzuahmen. Diese Veranstaltung ist immer recht lustig und wird gern und gut besucht. Am schlimmsten erwischt es denjenigen, der ein Faultier imitieren muss. Der muss den ganzen Abend auf der Couch liegen und den anderen bei ihren fleischlichen Liebesspielen zuschauen. Nein, ein Faultier gibt es natürlich nicht. Das war nur ein Gag.

Kürzlich machte Armin den Vorschlag, doch mal was ganz anderes auszuprobieren. Seine Idee, den nächsten Themenabend unter das Motto „Orgien am Hofe" zu stellen, schlug bei unseren Paaren ein wie eine Bombe. Zum ersten Mal waren sämtliche eingetragenen Mitglieder unseres Klubs anwesend. Allesamt erschienen sie in mittelalterlichen Kostümen, passend geschminkt und vor allem die Männer mit schicken Perücken.

Unser Klub verwandelte sich im Handumdrehen in eine bunte Filmkulisse. Maja, meine Frau, und ich versuchten mit diversen Gegenständen, wie Kerzenleuchtern, Vasen, alten Möbelstücken und Vorhängen dem Ganzen die Krone aufzusetzen.

Die Würze bekam der Abend, indem wir die Damen und Herren aus dem Mittelalter nicht nur vom Aussehen her nachahmten, wir versuchten auch noch so geschwollen zu reden. Sie glauben gar nicht, was da manchmal für Dialoge entstanden sind. Ich sage Ihnen, dieser Abend war der Brüller.

Eingeläutet wurde er mit einem gemeinschaftlichen Abendessen. Zu diesem Zweck stellten wir in der Mitte des größten Raumes eine lange Tafel auf, an der alle 24 Personen Platz fanden. Die Plätze wurden so aufgeteilt, dass keiner der Männer neben seiner eigenen Frau oder Lebenspartnerin saß. Von einem befreundeten Zwingerclub, der mehr auf bizarre Erotik steht, liehen wir uns fünf junge Frauen aus, die uns während des Abendessens bedienten. Auch sie trugen eine Perücke. Doch das war auch alles, was sie auf dem Leib hatten.

Ich weiß nicht, ob diese Idee mit den nackten Kellnerinnen gut war, denn bereits beim Abendessen bekamen die Männer einen Mordsappetit. Jedoch nicht nur auf die leckeren Speisen, nein insbesondere auf die kostümierten weiblichen Gäste am Tisch. Da verirrte sich während des Essens schon mal die eine oder andere Männerhand unter das Kleid oder den Rock seiner Nachbarin, welche zur Freude des Grabschers meist kein Höschen darunter trug.

Ich hörte, wie mein Gegenüber, der Oliver, zu seiner Nachbarin sagte. „Gnädige junge Frau, ich kann mich nicht daran erinnern, Sie jemals in diesem Schloss gesehen zu haben. Solch eine bezaubernde Dame wäre mir sicher alsbald aufgefallen. Ich, der Herzog von Schenkeldorf, freue mich, sie kennenzulernen. Darf ich sie nach Ihrem ehrenwerten Namen ansuchen?"

„Gnädiger Herr, es ist mir eine Ehre, Sie an meiner Seite zu wissen. Meine hoch verehrten Eltern gaben mir den schönen Namen Elisabeth. Ich bin die Kammerzofe des Schlosses und erst seit zwei Wochen zugegen."

„Oh, dann werden wir uns sicher noch öfter in diesen heiligen Hallen belustigen, ich meine über den Weg laufen. Kennen Sie eigentlich schon den roten Saal in diesem Schloss?"

„Nein, leider nicht, es war mir bisher noch nicht vergönnt alle Räume des Schlosses in Augenschein zu nehmen."

„Ich sehe, dass sie fertig sind mit dinieren. Wenn sie erlauben, möchte ich Ihnen gern diesen wunderschönen Raum zeigen. Eine Besichtigung wird sicher zu Ihrer vollsten Befriedigung ... ich meine Zufriedenheit, ausfallen."

Dann verschwanden beide. Auch die anderen Pärchen verzogen sich nach und nach in die abgedunkelten Kammern des virtuellen Schlosses. Die fünf nackten Kellnerinnen räumten den Tisch ab und nach ihren schelmischen Blicken zu urteilen, konnte ich mir an fünf Fingern ausrechnen, dass wir sie an diesem Abend irgendwann noch einmal wiedersehen würden.

Zu diesem Zeitpunkt wusste ich immer noch nicht, wer meine Nachbarin auf der rechten Seite in Wirklichkeit war, so großartig hatte sie sich kostümiert. Zudem trug sie eine schwarze Maske vor den Augen. Noch etwas schüchtern fragte ich sie: „Holde schöne Frau, darf ich sie auch in einen dieser blumengeschmückten Räume entführen und dort ein wenig mit Ihnen plaudern?"

Die Dame lächelte mich an und wedelte nervös mit ihrem schwarzen Fächer. „Plaudern wollen Sie mit mir? Ich weiß noch nicht mal Ihren Namen. Ist es nicht eher die Lust auf meinen anmutigen Körper, die ihr Blut in Wallung gebracht hat und dessen animalischem Trieb sie sich nun beugen möchte?"

Ich war baff über ihre Antwort, hatte sie doch den Nagel genau auf den Kopf getroffen. „Entschuldigen Sie, gnädiges Fräulein. Man nennt mich Heinrich der Stecher. Ich bin entzückt von Ihrer Kombinationsgabe und voller Freude, Frau?"

„Brunhilde!"

„Brunhilde. Ich deute ihre Worte als laszives Angebot. Welch wunderschöne Ideen doch diesem entzückenden, hübschen Köpfchen entspringen. Erlauben Sie mir, Sie höflichst zu bitten mir zu folgen?"

Die Dame nickte. Obwohl sie eine Maske trug, konnte ich genau ihre stechenden, blauen Augen erkennen. Sie schaute mich mit einem verschmitzten Lächeln an und wedelte sich mit dem Fächer erneut frische Luft zu. „Ich erlaube es Ihnen."

Wir standen auf und gingen Arm in Arm in den Nebenraum. Von den vier großen Liegen war nur noch eine frei.

„Ich möchte Sie nun höflichst bitten, sich auf das Chaiselongue zu legen."

Brunhilde tat was ich von ihr verlangte, ohne auch nur ein einziges Kleidungsstück zu öffnen, geschweige denn auszuziehen. Nicht einmal ihrer Sandalen hatte sie sich entledigt. Sie lag auf dem Rücken, ihre Füße berührten den Boden und ihre Beine hatte sie etwas gespreizt. Ich kniete mich vor sie hin und nahm ihren rechten Fuß. „Es wäre unseren weiteren Aktivitäten dienlich, wenn Sie mir erlauben würden, Ihre wunderschönen Sandalen auszuziehen."

„Ich bitte darum, Heinrich."

Ich streifte ihr genüsslich die roten Riemchensandalen ab. Danach nahm ich ihren rechten schlanken Fuß in die Hand, steckte mir nacheinander ihre süßen Zehen in den Mund und schleckte hingebungsvoll an ihren Fußsohlen. Sie schmeckten etwas salzig, nach frischem Schweiß und rochen leicht nach Leder. Dabei schaute ich hinauf an ihren ebenmäßigen Beinen, bis ich zwischen den leicht geöffneten Schenkeln ihren Venushügel erblickte, der das Tor zu ihrem Allerheiligsten bildete. Der rötliche Flaum ihres Schamhaares verriet mir unterdessen, dass es sich in Wirklichkeit um Sophie handelte, die rothaarige Freundin meines besten Freundes. Oh, mein Gott, dachte ich, wenn Mike wüsste, dass ich mit seiner Frau rummache. Doch in einem Zwingerklub ist es nun mal üblich, dass jeder mit jedem vögelt. Bisher hatte ich diese Situationen immer geschickt zu umgehen gewusst. Eigentlich bin ich nicht dafür, unter Freunden die Frauen zu tauschen. Doch da musste ich durch. Es hätte ja sein können, dass sich Mike ausgerechnet mit meiner Maja vergnügte. Das Spiel wollte ich zu Ende bringen. Sophie schaute mich schelmisch an. Längst hatte sie mich erkannt.

„Brunhilde", sprach ich zu ihr, „die Neugier auf Ihr nacktes Fleisch und Ihr süßes Geschlecht, drängt mich zu der Bitte, Ihr Kleid zu lüften. Ich wäre Ihnen sehr verbunden, wenn Sie es mir erlauben würden."

„Tun Sie, was Sie für richtig befinden. Seien Sie aber bitte vorsichtig, das Kleid ist sehr empfindlich."

Ich streifte ihr behutsam das Kleid hinauf bis zu ihren Hüften. Sophie spreizte ihre Schenkel noch ein wenig mehr und präsentierte mir so ihre feuchte, im Schein der Kerzen glänzende, Liebesöffnung.

„Welch betörender Duft von Ihrem liebreizenden Geschlecht ausgeht. Wünschen die Dame, dass ich ein wenig an Ihrer Klitorisperle züngle."

„Wenn es heller wäre, würden sie sehen, dass ich bereits voller Sehnsucht darauf warte. Mein Lustschloss ist reif wie ein saftiger Pfirsich. Doch zuvor habe auch ich einen Wunsch. Verlange ich zu viel von Ihnen, wenn ich Sie galant bitte, sich Ihrer Hose zu entledigen? Auch ich bin voller Neugier und kann es kaum erwarten, Ihre pralle Männlichkeit in Augenschein zu nehmen."

Insgeheim hatte ich bereits auf diese Aufforderung gewartet, denn diese Hose aus dem Kostümverleih war alles andere als bequem. „Gern möchte ich Ihrem Wunsch nachkommen."

Umgehend zog ich meine Hose aus und war froh, endlich dieses kratzige Gefühl auf der Haut los zu sein. Während ich mich auszog, vernahm ich, dass das Pärchen neben uns schon mittendrin im Liebesspiel war. Es war das Pärchen, das mir beim Abendessen gegenüber saß und als erstes den Tisch verlassen hatte.

Doch die beiden waren nicht allein. Eine dritte Person räkelte sich zwischen ihnen auf der Couch. Obwohl es sehr dunkel war, erkannte ich, dass es eine der fünf Kellnerinnen war, die sich mit ihnen verlustierte. Während Elisabeth auf Hans, ihrem Partner, reitete und ihre prallen Brüste auf und ab wippten, kauerte die Kellnerin über dem Kopf von Hans und ließ sich ihre blank rasierte Spalte abschlecken. Genau konnte ich es nicht sehen, ich vernahm nur die schmatzenden Geräusche, die klangen, als ob ein Schwein aus einem Trog fressen würde.

Nachdem ich meine Hose ausgezogen hatte und Sophie mein pralles Glied erblickte, bekam sie große und glänzende Augen. Sicher hätte sie es in diesem Augenblick gern schon in ihren Mund genommen und daran gesaugt, doch zunächst einmal wollte ich sie etwas verwöhnen. Als ich mich mit meinem Mund ihrer behaarten Spalte, ihrem natürlichen Pelz, näherte, stieg mir ein strenges, moschusartiges Aroma in die Nase. Das machte mich noch mehr an.

Ich liebe diesen typischen Mösengeruch, den leider viele Frauen zu unterbinden versuchen. Im Mittelalter war dies noch nicht so. Man meint ja, dass die Frauen zu dieser Zeit noch gar keine Höschen trugen. Und auch mit der Hygiene war es nicht weit her. Wenn Frauen auf dem Hofe pinkeln mussten und befanden sich gerade auf einem Spaziergang im Garten, hoben sie einfach ihr Kleid etwas an und pinkelten im Stehen. Oder es gab diese Urin-Buttler, oder wie die auch immer genannt wurden. Die liefen mit einem Gefäß, das an einer langen Stange angebracht war, im Park umher und warteten nur darauf, dass jemand mal urinieren musste, egal ob Männlein oder Weiblein. In diesem Fall hielten sie der Frau das Gefäß unter die Muschi und sie strullten los. Männer hatten es einfacher, die brauchte nur ihren Schwanz hineinzuhalten. Was man mit dem Urin machte, weiß ich nicht. Im alten Rom hat man jedenfalls Leder damit weich gemacht. So viel zu diesen kleinen Ausschweifungen über die Verrichtung der kleinen Notdurft bei Hofe.

Meine Zunge drängte sich in das heiße Loch zwischen Sophies, im diffusen Licht der Kerzen zart schimmernden, Schamlippen. Tief hinein in ihr nasses Geschlecht, dessen intensives Aroma meine Sinne betörte. Als ich mit meiner Zunge ihre Perle umspielte, die vorwitzig unter einer kleinen Hautfalte hervor lugte, hörte ich sie zufrieden seufzen. Mein praller Schwanz war dem Bersten nahe und ich wollte endlich zur Tat schreiten, denn auch Sophie sehnte sich nach einem Schwanz in ihrer vor Sehnsucht schmachtenden Möse.

Je fortgeschrittener der Abend war, desto schwerer fiel es uns in der Sprache des Mittelalters zu reden und stets die richtigen Worte zu finden. Das Denken fiel uns immer schwerer und bald formte nur noch unsere Geilheit die Worte unserer frivolen Konversation. „Brunhilde, ich möchte mich mit Ihnen lustvoll vereinen. Erlauben Sie mir, meinen Schwanz in Ihrer dürstenden Möse zu platzieren?", fragte ich und mir war klar, dass es diese derbe Bezeichnung für das weibliche Geschlecht damals wohl noch nicht gegeben haben dürfte.

„Heinrich, ich habe das Gefühl, dass mein edler Körper bereits Ihre Sinne vernebelt hat. Wenn ich das mir unbekannte Wort ‚Möse' richtigerweise als ‚Lustgrotte' deuten darf, dann bitte ich Sie höflichst darum, mich endlich zu … ficken. Machen Sie Ihrem Namen, Heinrich der Stecher, alle Ehre. Doch zuvor habe ich noch eine kleine Bitte an Euch."

„Brunhilde, gnädige Frau, es ist mir eine Ehre, Ihnen jeden Ihrer Wünsche zu erfüllen. Was kann ich für Sie tun?", fragte ich voller Neugier.

„Erlauben Sie mir, auf Ihnen zu reiten, wie auf einem meiner vielen Pferde. Ich weiß, dass manche Männer es nicht mögen, wenn Frauen über ihnen sind.

Doch machen Sie mir zu Liebe bitte eine Ausnahme. Ich werde es Ihnen auf meine Art zu danken wissen."

In diesem Moment verstand ich noch nicht, was sie unter ihrer Dankbarkeit verstand, doch ich machte mir vorerst keine Gedanken darüber. Ich dachte vielmehr, dass es nur so eine Floskel von ihr war, die man schnell mal daher sagte. Außerdem würde ich es ja bald erleben. Im Übrigen liebe ich diese Stellung, wenn die Partnerin auf mir sitzt. Vielleicht noch ein wenig nach vorn gebeugt, dass ich an ihren Brüsten nuckeln und sie mit beiden Händen kneten und befummeln kann. Somit fiel es mir nicht schwer, Sophie diesen Wunsch zu erfüllen.

Ich legte mich also auf den Rücken, mein Schwanz ragte senkrecht und prall in die Höhe. Während sich Sophie ihr Kleid auszog, lächelte sie voller Vorfreude. Dann kauerte sie sich über mich und nahm meinen Schwanz in die Hand. Langsam senkte sie sich und ließ meine Männlichkeit bis zur Wurzel in ihre Möse abtauchen. Mit geschlossenen Augen und leicht geöffnetem Mund genoss sie jeden der gefühlten zwanzig Zentimeter. Für einen kurzen Augenblick verharrte sie in dieser Position, bis sie schließlich anfing, sich gefühlvoll auf und ab zu bewegen, praktisch auf meinem Schwanz zu reiten.

Genau so wie ich es mir insgeheim wünschte, beugte sie sich etwas nach vorn und ihre üppigen Brüste baumelten unmittelbar über meinem Kopf. Ab und zu gelang es mir, einen ihrer aufgerichteten Nippel mit meiner Zunge zu berühren und daran zu zutzeln.

„Heinrich, gefällt Ihnen, was Sie sehen und gerade mit Ihren Händen kneten?", fragte mich Sophie.

„Ich habe noch nie etwas Schöneres vor meinen Augen gehabt."

„Es ist mir eine Ehre. Wenn Sie mir erlauben, werde ich Ihnen bald noch etwas viel Schöneres darbieten."

„Was gibt es Schöneres, als ihre wohlgeformten prallen Brüste vor meinen Augen zu haben?", fragte ich Sophie.

Sophie antwortete nicht, sondern begann ihre Bewegungen zu intensivieren. Der Saft ihrer Möse rann über meinen Schwanz. Wir begannen am ganzen Körper zu schwitzen. Schweißperlen liefen an Sophies Brüsten herab, tropften mir ins Gesicht, in den Mund. Sie schmeckten salzig. Unsere Erregung stand kurz vor ihrem Höhepunkt. Ich konnte mich kaum noch zurückhalten. Doch ich wollte nicht der Erste sein, wollte mich unbedingt nach ihr verströmen, wollte ihren Orgasmus von Anfang bis Ende erleben und genießen.

Schließlich war es soweit. Der sich ankündigende Orgasmus versetzte Sophies Körper in ein lustvolles Schauern. Ihre Brüste bebten und ich spürte die Kontraktionen in ihrer Scheide. Ihre pulsierende Lustquelle schlang sich fest um meine stattliche Erektion. Jetzt wollte auch ich loslassen, mich verströmen. Doch plötzlich hob sich Sophie und kauerte sich über mein Gesicht.

„Was machen Sie da?", fragte ich verwundert. „Gerade wollte ich den Startschuss ertönen lassen und Sie mit meinem Samen abfüllen."

„Ich hatte Ihnen doch noch etwas Schönes versprochen."

„In der Tat hatten Sie Recht. Ihre Möse ist göttlich. Auch ihr Duft ist betörend und erregend zugleich."

„Passen Sie auf, was gleich passiert!"

Sophie senkte sich langsam, bis ihr feuchtwarmer Scheideneingang meinen geöffneten Mund berührte. Ich spürte wie ihr Liebessaft auf meine Zunge tropfte. Schnell wurde aus den Tropfen ein kleines warmes Rinnsal. Es schmeckte leicht salzig und mir wurde schnell klar, dass es nicht nur Liebessaft war, der da in meinen Mund rann.

„Brunhilde?", fragte ich sie. „Pinkeln Sie etwa?"

„Es macht Ihnen doch sicher nichts aus, wenn ich sie als Toilette benutze? Ich habe gehört, dass sie auf diese Art von Liebesspielen stehen, Heinrich."

„Woher wissen Sie? Hat etwa meine Frau ...?"

„Psssst! Ich weiß es eben. Ich weiß, dass es Ihr geheimster Wunsch ist, weil Ihre Frau keinen Gefallen daran findet. Ich möchte Ihnen gern diesen geheimen Wunsch erfüllen."

Ich hätte vor Freude einen Luftsprung machen können, doch das ging ja nicht. Bevor ich meiner Freude Ausdruck verleihen konnte, spritzte Sophie auch schon den ersten größeren Schwall ihres Blaseninhaltes in meinen Mund. Ich schluckte alles. Meine Erregung war auf dem Höhepunkt. Jede noch so kleine Berührung meines Schwanzes, hätte ihn zum Bersten gebracht. Dann kam auch schon der zweite Schwall. Diesmal noch stärker, noch länger. Ich konnte nicht mehr alles schlucken. Ich bat sie: „Schnell, Brunhilde, setzen Sie sich auf mich, auf meinen Schwanz! Ich möchte mich gern in Ihre Möse entladen."

Sophie gehorchte umgehend. Sie hatte meine große Not erkannt. Wieder setzte sie sich auf meinen Schwanz. Diesmal noch vorsichtiger. Mein Penis steckte nun wieder bis zum Anschlag in ihrem pitschnassen Loch, aber sie bewegte sich nicht. Mir war klar, dass es für mich nun keinen Halten mehr gab. Meine Erregung war auf ihrem Höhepunkt. Nein, war sie nicht. Nie hätte ich gedacht, dass dies noch zu toppen wäre. Plötzlich spürte ich etwas Heißes an meinem Schwanz herunter laufen. Sophie entleerte nun den Rest ihrer Blase direkt auf mein Gemächt, das in ihrer ganzen Pracht in ihrer Scheide steckte. Gerade als ich abspritzen wollte, hielt sie inne, hob ihren Po etwas an und gab meinen Schwanz wieder frei. Im gleichen Augenblick spürte ich wie der der Strahl ihres Urins auf meinem Phallus traf, diesmal noch stärker noch intensiver. Ein langer, nicht enden wollender Strahl, der direkt auf die empfindlichste Stelle meiner Eichel traf und mich nun endgültig zum ejakulieren brachte. Umgehend nahm sie meinen Schwengel in den Mund und molk ihn bis zum letzten Tropfen Sperma, während sie gleichzeitig den Rest ihres Urins sanft aus ihrem Körper fließen ließ.

Nach einem kurzen Moment der Ruhe, in dem wir beide kein Wort miteinander sprachen und total befriedigt in Gedanken das eben Erlebte noch einmal Revue passieren ließen, sagte ich zu Sophie: „Darf ich Sie nun zu einem gemeinsamen Bad und einem Glas echten Champagner einladen, gnädige Frau."

„Mit dem größten Vergnügen. Mein Liebeshunger ist vorerst gestillt."

Seit diesem unvergessenen Abend, veranstalten wir in unserem Zwingerklub regelmäßig diese „Orgien am Hofe". Das nächste Mal berichte ich von der manns- und schwanztollen Eugenie vom Venushügel.

4. Nicht verschreibungspflichtig

Kathrin, 29 Jahre

Als ich Kai kennenlernte, war ich gerade mal achtzehn Jahre alt. Obgleich ich vor ihm bereits den einen oder anderen Freund hatte und demzufolge auch keine Jungfrau mehr war, war Kai meine erste große Liebe. Gleich am ersten Tag stellten wir fest, dass zwischen uns die Chemie stimmte und, dass wir gemeinsam durchs Leben gehen möchten. Es war das berühmte Kribbeln im Bauch, das sich bei mir einstellte und es verging fast kein Tag, an dem wir nicht zusammen waren. Und so kam es auch, dass wir uns schon nach einem Jahr das Ja-Wort gaben.

Heute, zehn Jahre nach unserer Hochzeit, ist es immer noch da, dieses Kribbeln im Bauch. Besonders dann, wenn wir miteinander schlafen. Das passiert manchmal an den ungewöhnlichsten Orten und bei den ausgefallensten Gelegenheiten. Etwa bei einem Waldspaziergang, am Strand, im Auto auf einem Parkplatz oder in einer Umkleidekabine eines Warenhauses, um nur einige Örtlichkeiten zu nennen. Sogar in einer Kirche haben wir es bereits getrieben. Wir sind quasi immer geil und haben stets eine große Lust aufeinander.

Bisher verging kaum ein Tag, an dem wir nicht wenigstens einmal miteinander schliefen. Nur einmal gab es eine längere Zwangspause. Nämlich als wir einen Motorradunfall hatten. Eigentlich war der Unfall gar nicht *so* schlimm, wir hatten großes Glück im Unglück. Es hätte auch viel schlimmer ausgehen können. Kai und ich, wir hatten uns beide Arme und Beine gebrochen und lagen in getrennten Zimmern in einem Krankenhaus. Außer den Knochenbrüchen hatte ich Gott sei Dank keine weiteren Verletzungen. Das furchtbare und peinliche an meinem Zustand war jedoch, dass ich total auf fremde Hilfe angewiesen war. Die Schwestern mussten mich waschen, füttern und auch auf den Schieber setzen. Da musste ich durch. Kai ging es ja genauso. Das schlimmste jedoch war, dass ich von einem Tag auf den anderen keinen Sex mehr hatte. Kai lag in einem anderen Zimmer, in einer anderen Etage, und wir haben uns nicht mal sehen, geschweige denn berühren können.

Gleich am zweiten Tag, nach einem ganzen langen Tag sexueller Abstinenz, war es wieder da, das unbändige Kribbeln in meiner Vagina. Dieses Kribbeln, das von Stunde zu Stunde immer intensiver wurde. Meine Arme waren eingegipst und ich konnte nicht auf das fordernde Jucken regieren. Es war qualvoll, fast wie eine Folter. Ich wusste nicht, was ich dagegen tun sollte. Ich presste meine Schenkel fest aneinander.

Das half aber nichts. Völlig verzweifelt suchte ich nach irgendeinem Gegenstand, an dem ich meine lüsterne Schnecke rubbeln konnte. Wenn ich wenigstens aufstehen könnte, dachte ich. Da hätte ich mich an einem Stuhl oder so verlustieren können. Doch meine Beine waren ja auch in Gips.

Einen Tag später, nachdem ich fast die ganze Nacht wach lag und grübelte, hatte ich eine grandiose Idee. In meiner Hilflosigkeit sprach ich Bettina, meine Zimmergenossin an. Sie war etwa in meinem Alter, hatte pechschwarze lange Haare und war ausgesprochen freundlich und hilfsbereit. Bettina konnte wenigstens umherlaufen und hatte die Hände frei. Sie hatte vor einer knappen Woche eine eher harmlose OP gehabt und musste noch ein paar Tage zur Beobachtung im Krankenhaus bleiben.

„Bettina?", rief ich sie.

„Ja, Kathrin. Was hast du? Kann ich dir helfen?", fragte Bettina.

„Weiß nicht. Kommt dein Stefan heute wieder?"

„Na klar, in einer Stunde etwa. Warum fragst du? Soll er dir etwas mitbringen?"

„Nein, war nur so eine Frage." Ich wusste nicht, ob ich Bettina von meinen Nöten erzählen sollte und machte nur eine Andeutung in Form einer Frage. „Wo geht ihr eigentlich immer hin, wenn dein Schatz kommt?"

Ich hörte, wie Bettina leise lächelte. „Möchtest du das wirklich wissen?"

„Was heißt das?", fragte ich erstaunt. Hatte ich etwa mit meiner Frage ins Schwarze getroffen? „Sag schon! Das klingt so geheimnisvoll."

„Du darfst es aber nicht den Schwestern erzählen. Sonst gibt es Stress."

„Ich schwöre, kein Sterbenswörtchen", sagte ich und versuchte meinen rechten, eingegipsten Arm etwas anzuheben.

Bettina kicherte. „Wir gehen aufs Männerklo."

Ich war von den Socken. „Aufs Männerklo? Treibt ihr es etwa dort?"

Bettina nickte heftig und schaute mich verschmitzt an. „Erst geht Stefan rein, um zu schauen ob die Luft rein ist. Ich meine, ob frei ist. Wenn er nicht gleich wieder raus kommt, folge ich ihm schnell und schließe hinter mir ab. Dann geht die Post ab."

„Hast du etwa auch immer so ein Kribbeln?", fragte ich vorsichtig.

„Na klar, das ist kaum auszuhalten. Ist doch menschlich, oder? Wenn man den ganzen Tag im Bett liegt und nichts zu tun hat, keine Ablenkung, dann denkt man ständig an Sex." Plötzlich stand Bettina auf und kam an mein Bett. „Sag mal Kathrin, dir muss es doch genau so gehen? Dein Freund ist außer Gefecht gesetzt und du kannst dir nicht mal selber helfen."

Ich hob die Schultern und schaute traurig. „Was soll ich tun? Ich bin schon ganz hibbelig. Vorhin, als ich pullern musste, hätte ich um ein Haar einen Orgasmus gehabt. Im letzten Moment konnte ich ihn unterdrücken. Schwester Helga stand doch neben mir. Aber das Kribbeln, als mein heißes Pipi zwischen meinen Schamlippen vorbeiströmte, war einfach göttlich."

„Du arme Suppe. Was machen wir denn da?", fragte Bettina.

Ich schaute sehnsüchtig in ihre braunen Augen, wie ein Hund, der nach einem Leckerli bettelt, und hob schmunzelnd die Schultern. Bettina begriff sofort und steuerte langsam ihre rechte Hand unter mein Nachthemd. Ich spürte, wie ihre Hand die Innenseiten meiner Schenkel berührte, wie sie sich langsam hinauf bis zu meiner verlangenden Spalte bewegte. Wir schauten uns an, wie ein verliebtes Pärchen bei ihren ersten zärtlichen Intimitäten. Als ihre Hand meine feuchtwarmen Schamlippen erreichte, war Bettina im ersten Moment etwas verdutzt. „Du bist aber nass. Du läufst ja regelrecht aus. Da ist ja schon ein richtiger nasser Fleck auf dem Laken. Da wird es aber höchste Zeit, dass man etwas dagegen unternimmt."

Bettina tauchte ihren Mittelfinger tief in meine durchnässte Spalte. Ich quiekte leise, wie ein glückliches Bio-Ferkel und genoss es, wie sie ihren Finger gefühlvoll raus und rein bewegte. Dann nahm sie noch den Zeigefinger dazu und mit der linken Hand streichelte sie sich über ihre Brüste, deren Knospen den dünnen Stoff ihres Nachthemdes durchzustechen schienen.

Plötzlich ging die Tür auf und Schwester Ramona kam herein. Als sie Bettina, die fast zu Tode erschrocken augenblicklich ihre Hand unter meinem Nachthemd hervorzog, vor meinem Bett stehen sah, fragte sie: „Ist was Kathrin? Geht es Ihnen nicht gut?" Schwester Ramona kam sofort zu mir, sah mein hochrotes Gesicht, griff nach meiner Hand. „Da müssen wir gleich mal Blutdruck messen."

Inzwischen hatte sich Bettina wieder in ihr Bett zurückgezogen. Beiläufig sah ich, wie sie an ihrer Hand, die vor wenigen Sekunden noch in meiner Pussy steckte, schnupperte. Mit geschlossenen Augen genoss sie meinen intensiven Duft, während Schwester Ramona bei mir den Blutdruck maß. „140 zu 80. Ein wenig hoch. Müssen wir mal beobachten. Ist aber noch nicht im roten Bereich. Versuchen Sie mal ein wenig zu schlafen. In einer Stunde gibt es Abendbrot. Ach Bettina", wandte sie sich an meine Bettnachbarin. „Ihr Mann steht bereits vor der Tür. Etwas eher als sonst. Ich sag ihm, dass er jetzt reinkommen darf." Am Tonfall ihrer Worte und an ihrem verschmitzten Blick konnte man genau erkennen, dass Schwester Ramona genau Bescheid wusste, was da in wenigen Augenblicken abging. Dann verließ sie unser Zimmer.

„Danke Schwester!", rief ihr Bettina erleichtert hinterher, lächelte mir zufrieden und glücklich zu und stand auf.

In diesem Moment klopfte es und Stefan kam zu Tür herein. Wie immer grüßte er freundlich und verschwand mit Bettina gleich wieder. Ich war etwas, nein sagen wir mal sehr, neidisch und lag unbefriedigt und mit tropfnasser, juckender Möse im Bett und konnte nichts dagegen tun. Es war die Hölle. Ich dachte unweigerlich an die furchtbaren Foltermethoden aus dem Mittelalter, wo man Menschen auf Folterbänke schnallte, die Fußsohlen mit Salz einrieb und dann Ziegen daran lecken ließ. In jenem Augenblick konnte ich deren Qualen zum ersten Mal nachempfinden.

In meiner Verzweiflung rief ich nach der Schwester, ich müsse dringend mal Pipi machen.

„Warum haben Sie nichts gesagt, als ich eben bei Ihnen Blutdruck gemessen habe?", fragte Ramona etwas ungehalten als sie Sekunden später herein kam. „Ich habe noch mehr Patienten zu versorgen."

„Tut mir leid Schwester Ramona, ich bin heute etwas durch den Wind."

Ramona verdrehte die Augen und setzte mir die Ente an. Eigentlich heißt es bei Frauen ja Urin-Schiffchen. Das Teil heißt nicht nur anders, es hat auch, wenn man das so sagen kann, eine anatomisch angepasstere Form. Es muss schließlich kleine und große Vulven umschließen, damit sie reinpullern können, ohne das etwas daneben, ins Bett, läuft. Aber das nur der Vollständigkeit halber. „Das nächste Mal aber bitte eher überlegen, wenn Sie nicht wollen, dass wir Ihnen einen Katheter in die Blase legen."

Das hätte mir noch gefehlt, einen Katheder, wie die scheintoten Gruftis. Ich nickte also schuldbewusst und genoss es, wie mein warmer Urin zwischen meinen geschwollenen Schamlippen in die Ente, das Urin-Schiffchen, spritzte. Doch für einen entspannenden Orgasmus reichte dies leider noch nicht.

Als ich fertig war mit pinkeln und Ramona mir mit Toilettenpapier meine Muschi abtrocknete, schaute sie mich verschmitzt lächelnd an und fragte: „Kann ich Ihnen noch irgendwie behilflich sein?"

Ich war etwas verunsichert. Hatte sie etwa meine große Not erkannt? Ich stotterte. „Ja … ich … ich habe … mir ist."

„Ich weiß schon, was Ihnen fehlt, meine Kleene", sagte Ramona und verschwand.

Warum ist sie auf einmal weg? Was macht sie, fragte ich mich. Doch nach wenigen Sekunden war Ramona wieder zurück. In der Hand hielt sie eine pinkfarbene Plastiktüte. Als sie unmittelbar vor meinem Bett stand, nahm sie einen Gegenstand aus der Tüte und sagte: „Ich glaube ich weiß, was Sie dringend benötigen." Sie zeigte mir einen Dildo, der einem recht stattlichen, männlichen Glied nachempfunden war. Wirklich ein Prachtexemplar.

Einerseits war mir die Situation unheimlich peinlich, aber andererseits lief mir das Wasser, nicht nur im Mund, zusammen. Mir wurde heiß und ich spürte, wie mir umgehend das Blut in den Kopf schoss. Ich wusste im ersten Moment nicht, wie ich auf dieses schlüpfrige und zugleich auch provozierende Angebot reagieren sollte. Schließlich befand ich mich in einem Krankenhaus und nicht auf irgendeiner Sex-Party auf Malle.

Ramona gab mir kaum eine Chance auf diese Offerte zu reagieren. Sie überrumpelte mich förmlich und schaltete umgehend den prächtigen Massagestab an. „Ich weiß doch, was junge Frauen in solchen Situationen für dringende Bedürfnisse haben. Keine Angst der ist desinfiziert, wie alles hier auf der Station", scherzte sie.

Mit einem spitzbübischen Lächeln streichelte sie mich mit diesem vibrierenden Teil an meiner Klitoris. „Ist das so schön?", fragte sie. Ich nickte nur. „Deine Bettnachbarin wird uns die nächsten Minuten nicht stören. Sie lässt es sich auf dem Klo von ihrem Mann besorgen."

Ramona duzte mich auf einmal. „Du weißt wohl, was da zwischen den beiden abgeht?", fragte ich und duzte sie natürlich auch. Schließlich machte sie sich gerade an meiner Möse zu schaffen. Und das dürfen bei mir nur vertraute Personen und keine Fremde.

„Natürlich weiß ich das. Wenn du so lange in diesem Job arbeitest, weißt du wo der Hase hinläuft. Was denkst du, was ich da manchmal erlebe. Es gibt Patienten, die treiben es sogar ungeniert im Krankenzimmer. Und der Clou ist, wenn du sie dabei störst, weil du vielleicht das Essen reichen oder Blut abnehmen möchtest, wirst du noch angepflaumt: Könne se nicht anklopfen, junge Frau? Ich sage dir, da muss man schon ein dickes Fell haben. - Gefällt es dir so? Warte ich stecke ihn mal rein."

Ramona nahm den Dildo in den Mund und speichelte ihn ein, als sei es das Normalste auf der Welt, etwa als würde sie bei einem Patienten Fieber messen. Dann stellte sie die höchste Stufe ein und führte ihn langsam ein in meine dürstende Spalte. „Das war aber höchste Zeit", sagte sie. „Du bist ja pitschnass, wie eine Inkonti. So nennen wir hier die Frauen, die ihr Wasser nicht mehr halten können. Ich werde wohl anschließend das Bettlaken wechseln müssen."

Es war zwar nicht sehr romantisch, was Ramona so aus der Schule, ich meine Krankenhaus, plauderte. Aber in diesem Moment war mir das egal. Ich genoss das stimulierende Vibrieren des Dildos und stellte mir vor, es wäre Kais pralle Männlichkeit. Obwohl, Kais Schwanz ist eher Durchschnitt, wenn überhaupt. Vor Jahren hatte ich ihn mal gemessen, ich glaube 13 oder 14 Zentimeter. Und das im erigierten Zustand. Na ja, auf die Größe kommt es bei mir nicht an. So einen richtig großen Schwanz konnte ich eigentlich bisher noch nie genießen. Meine bisherigen Freunde hatten immer ein eher kleines Glied. Leider, aber was will man machen? Wenn ich einen Mann kennenlerne, kann ich doch nicht gleich am Anfang sagen: „Zieh mal deine Hose runter. Bevor mir weiter reden, zeig mir erst mal deinen Schwanz!" Das macht man doch nicht. Sollte man aber vielleicht. Jede Frau reagiert schließlich anders auf das männliche Geschlechtsteil. Es soll ja Frauen geben, die auch auf kleinere Schwänze abfahren. Wie machen die das nur? Sei es wie es sei, das ist jetzt nicht das Thema. Zurück zu meiner Geschichte.

Als ich diesen großen Dildo, er war bestimmt über zwanzig Zentimeter lang und fünf Zentimeter dick, in meiner Vagina spürte, hatte ich ein viel intensiveres Gefühl, als wenn ich mit Kai schlafe. Meine Säfte liefen in Strömen. Ramona legte mir deshalb fürsorglich etwas Zellstoff unter meinen Po.

„Ist es so schön? Bist du schon soweit?", fragte sie vorsorglich.

Ich nickte. „Mach weiter ... ich komme gleich. Schön machst du das."

Ramona ging sehr routiniert vor. Als ob sie den ganzen Tag nichts anderes machen würde als rollige Frauen zu befriedigen. Ich wunderte mich, dass sie auf einmal Zeit hatte, wo sie doch sonst immer so in Eile war. Mit ihrer linken Hand massierte sie mir meine Klitoris und mit der rechten Hand manövrierte sie den Luststab in meine wollüstige Möse. Als sie mitbekam, dass ich immer schneller atmete, wurden ihre Bewegungen intensiver. Mir war heiß, der Schweiß lief mir in Strömen am Körper herunter. Ich schloss die Augen. Dann war es soweit. Meine Lustquelle begann rhythmisch zu pulsieren. Ich konnte einen Seufzer nicht unterdrücken. Ramona hielt mir schnell ihre Hand vor den Mund, versuchte damit meine Liebeslaute etwas unterdrücken. Die Hand roch intensiv nach meiner Pussy, doch ich schämte mich nicht.

Immer noch spürte ich den vibrierenden Dildo in meiner Vagina. Es war ein herrliches intensives Glücksgefühl. Ich schaute Ramona an und lächelte. „Danke!", hauchte ich und sie antwortete: „Nicht dafür. Solche Dinge gehören eher zu den angenehmen Arbeiten in einem Krankenhaus. Du kannst dich ja irgendwann einmal revanchieren."

Ich schaute Ramona fragend an. „Äh, revanchieren? Wie jetzt?"

„Na ja, ich bin lesbisch", sagte sie wie selbstverständlich. „Hast du ein Problem damit?"

„Nein, nein. Ich habe aber einen Freund."

„Bring ihn doch mit. Auch für einen Dreier bin ich immer zu haben. Man gönnt sich ja sonst nichts."

Mit etwas Zellstoff trocknete Ramona mein nasses Geschlecht ab und deckte mich wieder zu. In diesem Augenblick kam Bettina zur Tür herein.

„Seid Ihr etwa schon fertig?", fragte ich. „Ich meine, ist dein Mann schon wieder weg?"

„Ja, ja, er hat noch was vor. Merkt Ihr das nicht, irgendwie riecht es hier komisch?", fragte sie.

„Das muss die neue Salbe sein", lenkte Ramona sofort ab, „ich werde gleich mal lüften, damit sich der intensive Geruch verzieht." Nachdem sie ein Fenster weit geöffnet hatte, verließ sie das Zimmer.

„Und, war es schön?", fragte ich.

„Himmlisch", antwortete Bettina. „Mein Hunger ist erst einmal für 24 Stunden gestillt. Ich musste aber die ganze Zeit an dich denken. Wie schlimm du leiden musst."

„Ja, leiden", schmunzelte ich. Wenn die wüsste, was hier gerade abging. „Du bist süß. Das ist aber nett von dir."

Bettina setzte sich auf mein Bett. „Wo waren wir eigentlich stehen geblieben?"

„Ich glaube, du hattest gerade zwei Finger in meiner Muschi, als plötzlich Schwester Ramona herein kam", half ich ihr, den roten Faden wiederzufinden

„Richtig", meinte sie und machte an der Stelle weiter, wo sie vor etwa einer halben Stunde aufgehört hatte. Wenige Minuten nachdem mich Ramona beglückt hatte, verschaffte mir nun auch Bettina einen fantastischen Höhepunkt. Ich erzählte ihr aber nicht, dass mich Ramona bereits mit einem Dildo befriedigt hatte. Sicher hätte sie sich dann nicht solche Mühe gegeben. Vielleicht hatte sie es auch geahnt, ich weiß es bis heute nicht. Ist mir auch egal.

Danach war ich erst einmal gesättigt. Am nächsten Tag wurde Bettina entlassen und ich wurde auf eine andere Station verlegt. Ramona, die ihren Jahresurlaub begann, sah ich übrigens nie wieder, aber die Erinnerung an dieses tolle Erlebnis ist bis heute geblieben. Auch wenn ich die restlichen Tage meines Krankenhausaufenthaltes noch sehr, sehr leiden musste.

5. Rache ist feucht

Markus, 35 Jahre

Eigentlich wollte ich folgendes Erlebnis ja für mich behalten, weil ich mich natürlich sehr dafür schäme. Mittlerweile sind jedoch etliche Jahre vergangen, sodass eine Menge Gras darüber gewachsen ist.

Seit ich achtzehn Jahre alt war, half ich im Sommer öfter mal in unserem Freibad aus. Ich war übrigens ausgebildeter Rettungsschwimmer. Auch meine schulischen Leistungen waren ganz passabel. Ich hatte einen Durchschnitt von eins Komma zwei, was mir bei meinen Mitschülern aber nicht nur Lob einbrachte. Streber nannten mich die meisten und das war noch die harmloseste Bezeichnung. Vielleicht war mein überhöhter Lerneifer auch der Grund, dass ich bis dahin noch keine echte Freundin hatte. Ich war sozusagen noch „Jungfrau".

Das soll nicht heißen, dass ich mich nicht für die Mädels interessierte. Ganz im Gegenteil. Ich hatte sehr darunter zu leiden, keine Freundin zu haben. Denn auch ich hatte Gefühle und die waren sehr, sehr stark. Fast jeden zweiten Tag träumte ich von bildhübschen, nackten Frauen und fast immer wachte ich morgens mit einem nassen Fleck in der Schlafanzughose auf. Auch im Freibad nutzte ich jede Gelegenheit, den Mädels heimlich und unbeobachtet beim Umziehen zuzuschauen, um vielleicht mal einen kurzen Blick auf einen nackten Busen oder eine nackte Muschi zu erhaschen. Heutzutage ist dies ja viel einfacher, mit dem Internet. Das gab es zwar damals auch schon, aber ein schneller DSL-Anschluss war eher die Ausnahme. Somit war es sehr mühsam an erotische Bilder oder Filme heranzukommen.

Ganz zufällig gelangte ich auf eine Internetseite, auf der Fotos zu sehen waren, die heimlich mit einer versteckten Kamera aufgenommen wurden waren, zum Beispiel auf einer Toilette, in einer Umkleidekabine oder auf einer Sonnenbank. Dabei kam mir die geniale Idee, dies einmal selbst auszuprobieren, und zwar in der Toilette und in der Umkleidekabine im Freibad.

Technisch versiert war ich ja. Gleich am nächsten Tag besorgte ich mir das notwendige Equipment und am Abend, nachdem alle Badegäste weg waren, baute ich die beiden Minikameras ein. Das ganze koppelte ich mit einem Bewegungsmelder und über Funk übertrug ich die Fotos und Filme auf meinen Laptop, der nur wenige Meter entfernt in einem abgeschlossenen Raum stand. Nachdem ich selbst die Anlage ausprobierte und für funktionstüchtig hielt, schaltete ich sie ein.

Jeden Abend nach Feierabend schaute ich mir die Ergebnisse an. Natürlich wusste ich, dass ich etwas

Verbotenes tat und ich mich damit in einer rechtlichen Grauzone bewegte. Aber ich wollte ja die Fotos und Filme nicht im Internet veröffentlichen, ich machte es ja nur für mich, um mich daran aufzugeilen.

Das Ergebnis, das heißt die Filmqualität, war ausgesprochen gut und die Kopplung mit dem Bewegungsmelder klappte hervorragend. Die Filme in der Umkleidekabine waren besser geworden als ich befürchtete. Hier hatte ich die freie Auswahl. Die Spanne reichte von Frauen mit großen Hängetitten über Frauen mit normalen gut geformten Busen bis zu Frauen mit sehr kleinen Brüsten. Ich sah junge Frauen mit rasierten Spalten und Frauen im mittleren Alter mit natürlichem Busch an der Möse. Ich stellte fest, dass es mehr die älteren Semester waren, die die Umkleidekabinen aufsuchten. Die jüngeren machten sich weniger daraus, wenn andere ihre intimsten Körperteile beim Umziehen zu sehen bekamen. Auch waren viele bekannte Gesichter und einige meiner Klassenkameradinnen und sogar auch Lehrerinnen zu sehen.

Die Filme von Mädchen, wo ich vermutete, dass sie noch minderjährig waren, löschte ich natürlich sofort. Damit wollte ich nichts zu tun haben. Ich hasse Männer, die sich an Minderjährigen vergreifen oder aufgeilen wollen. Tod den Kinderschändern, sage ich immer. Ich habe auch einen derartigen Aufkleber an meinem Auto.

Die Filme auf der Toilette zeigten natürlich Frauen beim Urinieren. Ich muss zugeben, dass ich bis zu diesem Zeitpunkt noch nie eine Frau beim Pipi-Machen beobachtet hatte. Das machte mich total an. Das interessante war: Keine einzige Frau setzte sich auf die Brille. Alle versuchten irgendwie im Stehen oder halb im Kauern in die Keramik-Schüssel zu zielen, mit mehr oder weniger großem Erfolg. Einige Frauen strullten nur mit einem schwachen Strahl, doch bei vielen war der Strahl derartig heftig, dass er häufig das Becken verfehlte, auf den Fußboden auftraf und eine Pfütze bildete. Die meisten kümmerte es aber nicht, dass sie daneben pinkelten. Sie verließen sich auf Albena, die rumänische Klofrau, die nahezu nach jeder Toilettenbenutzung alles wieder in Ordnung brachte und dabei immer ein Lächeln auf ihren Lippen hatte. Erregend fand ich auch das typisch zischende Geräusch, das bei den meisten Frauen deutlich zu hören war, obwohl die Tonqualität der Kameras nicht unbedingt der Brüller war.

Das Ganze ging etwa drei Wochen gut, bis eine Frau, ausgerechnet Lissy, eine Klassenkameradin von mir, die Kamera entdeckte. Sofort fiel ihr Verdacht auf mich. Doch Lissy stellte mich nicht einfach zur Rede, sie reagierte viel schlitzohriger. Unter dem Vorwand, sich die Titel einer Musik-CD in MP3-Files konvertieren zu wollen, überredete sie mich, ihr meinen Laptop zu borgen. Doch in Wirklichkeit durchforstete sie meine Festplatte und kopierte sich meine Voyeur-Filme auf eine DVD. Nach etwa drei Stunden brachte sie mir den Laptop wieder zurück und bedankte sich ganz lieb mit einem Küsschen auf die Wange bei mir. „Vielen Dank, Markus! Du hast mir sehr weiter geholfen." Und ich Idiot glaubte ihr das auch noch.

Etwas später passierte es dann. Einen Tag, den ich wohl mein ganzes Leben nie mehr vergessen werde. Als ich nach Feierabend aus der Dusche stieg, traf es mich wie ein Blitz aus heiterem Himmel. Etwa zehn junge Frauen, alle nackt und mit vor der Brust verschränkten Armen standen plötzlich im Halbkreis vor mir.

„Was, was macht Ihr denn hier?", stotterte ich unsicher und mit zitternder Stimme.

Da trat Lizzy hervor. Sie hatte einen Camcorder in der Hand. Wir wollten gern ein paar Filmaufnahmen machen."

„Warum? Von mir?" Zunächst verstand ich nur Bahnhof, doch dann dämmerte es bei mir. „Filmaufnahmen? Habt Ihr etwa …?"

„Ja, wir haben die Kameras entdeckt", triumphierte Lizzy. „Und wir möchten uns gern bei dir dafür auf unsere Art bedanken."

„Ach deshalb hast du dir meinen Laptop ausgeliehen", begriff ich.

„Genau deshalb." Lizzy stellte sich vor mich und griff nach meinem Schwanz, der, angesichts solch geballter fraulicher Reize, bereits aufrecht nach oben zeigte. „Gefällt dir was du siehst?", fragte sie, fasste Melanis Brüste an und ließ sie auf und ab wippen. Simultan filmte Lizzy alles mit dem Camcorder.

Ich wurde sofort rot und schämte mich in Grund und Boden. Dann kam Nina zu mir, sie hatte eine Reitpeitsche in der Hand. „Leg – dich – hin!", befahl sie mit tiefer ernster Stimme. Ich legte mich mit dem Rücken auf die kalten Fliesen. „Siehst du meinen dicken Bauch?", fragte sie mich. Ich nickte. „Weißt du was das ist?" Ich schüttelte den Kopf. „Das weißt du nicht?", fragte sie und schlug mich mit ihrer Peitsche. Plötzlich stellte sie sich mit gespreizten Beinen über mich und mit beiden Händen zog sie die Schamlippen ihrer glatt rasierten Möse weit auseinander. Zum ersten Mal in meinem Leben sah ich eine Möse in Natura und auch noch so nah vor meinen Augen. Deutlich konnte ich den Eingang zu ihrer Vagina erkennen. Da war aber noch ein Loch, ein ganz kleines. Alles bewegte sich, schien zu pulsieren.

Es war still, keiner sagte mehr ein Wort. Alle warteten nur darauf, was gleich passieren würde. Ich vernahm ein leises Kichern. Wusste aber nicht von wem es kam. Ich hatte nur Augen für die klaffende Möse vor meinen Augen. Mit einem Mal hatte ich panische

Angst. Ich hatte keine Ahnung, was mich gleich erwarten würde. Warum pulsierte diese Möse, fragte ich mich. Was hatte Nina mit mir vor? Dann sah ich wie sich ein paar Tropfen Urin den Weg ins Freie bahnten. Ich spürte, wie sie meinen Bauch trafen.

„Weißt du nun, was das in meiner dicken Murmel ist?", fragte Nina und ging über meinem Kopf in die Hocke. Ihre Peitsche legte sie derweil beiseite. Ich hob meine Schultern. Ninas Möse näherte sich immer mehr meinem Mund. Dann war es wieder da, dieses Pulsieren. Es schien, als ob sich ihre Lustlippen in kurzen Abständen öffnen und dann gleich wieder schließen würden. Meine Augen klebten förmlich an ihrem vor immenser Nässe glitzernden Scheideneingang und mein Schwanz war dem Explodieren nahe.

Nina senkte sich weiter, bis ihre weit geöffnete Pussy meinen Mund berührte. Im selben Augenblick hatte sich ein anderes Mädchen meines Schwanzes bemächtigt. Ich zuckte kurz zusammen, konnte nicht sehen, wer es war. Ich fühlte nur, wie es um meinen Schwanz herum feucht und warm wurde. „Es ist Sandra. Du kannst sie nicht sehen, stimmt's? Du kannst nicht sehen, wie sie ganz langsam deinen Schwanz in ihre heiße Fotze einführt, weil ich mit meiner Pussy auf deinem Gesicht sitze. Ist es das erste Mal, dass dein Schwanz in einer Fotze steckt?"

Auf diese Frage reagierte ich nicht. Konnte ich auch gar nicht, weil Ninas Möse auf meinen Mund ein Sprechen unmöglich machte. Stattdessen konzentrierte ich mich auf Sandra. Ich spürte meinen Schwanz in Sandra, spürte, wie sie sich auf und ab bewegte. Gleich werde ich kommen, meine ganze Ladung in sie hineinspritzen, dachte ich.

„Du brauchst mir nicht zu antworten, wenn du nicht willst. Pass lieber auf, was ich gleich mit dir machen werde. Dazu musst du aber deinen Mund ganz weit öffnen, damit nichts daneben geht. Es wäre schade, schade um jeden Tropfen. Du weißt doch, dass ich schlecht zielen kann. Du hast mich doch schon auf deinen Filmen gesehen, dir dabei vielleicht einen runtergeholt, du kleines versautes Ferkel."

Auf einmal traf mich ein heißer Strahl direkt in meinem Mund. Nur für einen kurzen Augenblick. Ich schluckte, es schmeckte salzig, aber nicht eklig.

„Na, schmeckt's?", fragte Nina. „Du magst doch pinkelnde Frauen? Hier hast du alles, was du dir schon immer gewünscht hast. Zehn Frauen, die dringend pieseln müssen, die es kaum mehr zurückhalten können, die darauf warten, dir mit ihrem heißen goldenen Saft eine Freude machen zu können. Freust du dich wenigstens? "

Ich nickte, unterdessen hatte Sandra meinen Schwanz wieder freigegeben. Jemand griff nach ihm.

Ich hörte Stimmen, konnte sie aber den Mädchen nicht zuordnen. „Ganz schöner Karvenzmann. - Und wie steif der ist. - Las mich auch mal. - Ich möchte ihn in meinem Mund spüren. – Ob der ganz reingeht? – Erst ich."

Wieder spürte ich etwas Warmes und Feuchtes um meinen Schwanz. Etwas fühlte sich ganz hart an. Waren das die Zähne eines Mädchens? Ich wollte mich laut bemerkbar machen, protestieren, doch in diesem Augenblick traf mich wieder ein Strahl, diesmal viel intensiver. Ich konnte nur gurgelnde Laute von mir geben. Ich schluckte hastig. Einmal, zweimal, dreimal, dann verschluckte ich mich, hustete. Indes lag Lizzy mit dem Camcorder neben mir auf dem Fliesenboden und filmte fleißig. Sie musste höllisch aufpassen, dass die Kamera nicht nass wurde.

„Das war wohl zu viel", meinte Nina. „Entschuldige! Da ist aber noch genug da. Hast du gesehen, wie dick mein Bauch war. Das habe ich alles den ganzen langen Tag für dich gesammelt. Und ich habe viel getrunken. Ich hoffe, du hast großen Durst."

Ich hörte auf zu Husten. Sofort wurde mein Mund wieder abgefüllt und ich schluckte und schluckte. Das war zu viel für mich. Ich konnte mich nun nicht mehr zurückhalten und mein Sperma spritzte in den Mund des Mädchens. Dabei wusste ich noch nicht einmal, wer das Mädchen war. Ich spürte nur, wie sie alles aus mir heraus saugte. Anschließend gab sie meinen Schwanz frei und auch Nina hörte erst einmal auf zu urinieren und stellte sich wieder in die Reihe zu den anderen Mädchen. Ich lag völlig geschafft auf dem Boden und wartete darauf, was nun passieren würde.

„Das war die erste Runde. Quasi zum Appetit holen", meldete sich Lizzy wieder. „Wir gönnen dir eine kleine Pause, damit du wieder zu Kräften kommst. Die anderen Mädchen wollen ja auch noch was von dir haben. Komm, Kerstin, setz dich auf ihn und verwöhne ihn mit deinen Titten."

Kerstin setzte sich auf meinen Bauch und ließ ihre großen Möpse vor meinem Gesicht baumeln. „Du kannst sie ruhig mal anfassen. Hast du schon mal solche großen Möpse mit deinen Wichsgriffeln berührt?", fragte mich Kerstin.

Ich lächelte kurz und schüttelte verängstigt den Kopf.

„Na, siehst du. Du müsstest mir eigentlich dankbar sein."

Dann schüttelte sie ihre Titten, so, dass sie mir abwechselnd rechts und links ins Gesicht schlugen. Anfangs fand ich es ja noch ganz angenehm, doch später tat es weh, war es regelrecht unerträglich.

Mein Schwanz begann jedoch langsam wieder an Größe zuzunehmen. Das quittierten auch die Mädels mit Wohlwollen. Kerstin stieg wieder ab und als mein

Schwanz erneut wie eine Eins stand, sagte Nina: „So, und nun wirst du uns allen einen ordentlichen Orgasmus bescheren. Wenn nicht, bekommst du ein paar kleine Schläge mit der Peitsche. Das möchtest du doch nicht. Soll angeblich sehr schmerzhaft sein. Ich schlage vor, Sabine fängt an. Sie ist die unerfahrenste und hat die engste Möse von uns allen. Sie ist aber die empfindlichste und wird nicht lange brauchen. Du wirst es sehr leicht haben mit ihr."

Die blonde Sabine mit ihren langen lockigen Haaren hatte tatsächlich ein enges Fötzchen, das konnte sogar ich als unerfahrener Liebhaber feststellen. Bei diesem intensiven Reiz musste ich mich ganz schön zusammenreißen, damit ich nicht gleich wieder abspritzte. Zumal ihr Traumkörper mit ihren wippenden festen Brüsten mein Blut ganz schön in Wallung brachte. Sabine war auch die einzige, die sich ihre Möse nicht rasiert hatte, auch unter den Achseln sprießten die Härchen üppig.

Während Sabine so auf mir reitete und leise wimmerte, stellte mir Lena ihren Fuß auf mein Gesicht. „Los leck an meinen Zehen!", befahl sie. Ich erfüllte ihr den Wunsch. Sie schmeckten salzig und ich weiß bis heute nicht, ob sie Schweißfüße hatte, oder ob es Ninas Urin war. Dann war es soweit. Sabines Möse pulsierte und auch mir, der noch nie vorher mit einer Frau geschlafen hatte, war klar, dass sie nun ihren Höhepunkt hatte. Mein Schwanz unterdessen war immer noch steif, wie eine Lanze.

Sabine stieg zufrieden von mir ab und stand wieder auf. Als nächstes kauerte sich Tamara unmittelbar über mein Gesicht. Sie kam aus Russland. Das sah man nicht nur an der Schleife, die sie stets in ihrem Haar trug. Mal war es eine weiße, mal eine rote und mal eine grüne, wahrscheinlich je nach sexueller Stimmung. Ohne lange zu zögern strullte sie sofort los. Ihr Strahl war intensiv und heiß.

Doch Tamara war nicht die einzige, die ihre Blase leerte. Die restlichen Mädchen versammelten sich im Kreis um mich. Wie auf Befehl leerten sie gleichzeitig unter großem Gelächter den Inhalt ihrer Blasen in unzähligen kraftvollen Schüben bis auf den letzten Tropfen. Völlig ungehemmt spritzten sie ihren goldenen Sekt auf meinen nackten Körper. Als würde ich unter einem riesigen Wasserfall liegen, bekam ich buchstäblich eine Natursektdusche verabreicht.

„Ich glaube, wir brauchen jetzt erst einmal eine kleine erfrischende Pause", meinte Lizzy und zeigte auf einen Tisch, der im Vorraum stand und auf dem zwei Kästen Bier standen. Die gekühlten Getränke wurden dankend angenommen und der erste Kasten war im Nu leer. Der Alkohol wirkte sich bei den Mädchen sofort luststeigernd aus und ließ die letzten Hemmungen verschwinden. Sie stritten sich regelrecht darüber, wer als nächstes auf meiner steifen Lanze reiten durfte.

Nachdem ich erst einmal Blut geleckt hatte und am eigenen Körper erleben durfte, wie schön Sex eigentlich sein konnte, genoss ich die zunehmende lüsterne Geilheit der Mädels. Das, was eigentlich eine Strafe für mich sein sollte, entwickelte sich zunehmend zu einer hemmungslosen, wollüstigen Orgie. Der schüchterne unerfahrene junge Mann mutierte zu einem draufgängerischen Stecher. Ein Mädchen nach dem anderen nahm ich mir vor und unter der Anfeuerung der anderen besorgte ich es ihnen in allen möglichen Positionen. Mal im Liegen, mal im Stehen, mal von hinten und mal von vorn.

Meist waren es mehrere Mädels, mit denen ich mich gleichzeitig verlustierte. Während eine genüsslich auf meinem großen steifen Schwanz reitete, leckte ich der zweiten, die über meinem Kopf kauerte, die schweißfeuchte, glitschige Spalte und bearbeitete mit meiner schnellen Zunge ihre erregte Klitoris. Meist steckten zusätzlich einige meiner Finger in den zuckenden und triefenden Mösen von Mädels, die neben mir lagen, standen oder saßen und es vor Geilheit kaum aushielten.

Ich bescherte den Mädels einen Orgasmus nach dem anderen und auch ich verströmte mich an diesem Abend das eine oder andere Mal in den Schößen der jungen Frauen. Doch bereits nach einer kleinen Erholungspause, in der mich die Frauen liebevoll verwöhnten, ging es gleich wieder ordentlich zur Sache.

Von diesem Tag an hatte ich bei den Mädels einen Stein im Brett. Ich brauchte nie wieder in den Umkleidekabinen oder Toiletten heimlich zu filmen, denn alle Wünsche, die ich hatte konnten mir die Frauen umgehend erfüllen. Und das Beste daran war, ich konnte mir aussuchen, mit wem ich ungehemmten Sex haben wollte.

6. Die Rockerbraut

Guido, 30 Jahre

Im letzten Sommer war ich auf einem Rockfestival. Allein, meine Frau war ein halbes Jahr zuvor tragisch tödlich verunglückt. Seitdem hatte ich mich nicht mehr so richtig an Frauen herangewagt. Ich hatte sehr mit Luises Tod zu kämpfen, hatte sie sehr geliebt. Deshalb war mir jede Abwechslung, wie dieses Festival, bei dem in zwei Tagen fünfzehn Bands auftraten, sehr willkommen.

Es war sehr heiß an diesem Abend und ich hatte bereits einige Becher kühles, teures Bier getrunken. Wenn man viel trinkt muss man natürlich auch viel pinkeln gehen. Dixis oder ToiTois, wie sie auch immer heißen mögen, waren genügend vorhanden. Doch wenn es sich vermeiden lässt, suche ich mir lieber ein stilles Plätzchen und verrichte dort meine Notdurft und vermeide diese meist etwas unhygienischen Pinkelcontainer. Insbesondere auf derartigen Rockkonzerten, wo stets viel getrunken wird und einige sich nicht mehr unter Kontrolle haben und das Eine oder Andere daneben geht.

Der Auftritt der vierten Band an diesem Tag, war soeben zu Ende. Kleine Pause. Es dämmerte bereits und ich musste schon wieder. Beim letzten Pinkelgang entdeckte ich, dass man auch hinter den Dixis in Ruhe sein Geschäft erledigen konnte. Als ich so mitten drin war und rechts neben mich schaute, sah ich wie sich auf einmal eine Frau neben mich stellte, ihren kurzen Lederrock anhob und auf einmal anfing kraftvoll und ungeniert zu strullen. Ich glaubte zunächst meinen Augen nicht zu trauen. Sie stand etwa drei Meter neben mir und schämte sich nicht mal. Da sie nicht in die Hocke ging, wie es ja Frauen normalerweise tun, hätte man auch denken können, es wäre ein Mann in kurzen Hosen. Doch ich stand ja unmittelbar neben ihr, und sah, dass sie völlig freihändig pieselte. Aber mit einem Strahl, der mich vor Neid erblassen ließ. Als sie bemerkte, dass ich sie beobachtete, drehte sie sich zu mir um und lächelte mich an. In diesem Moment wäre ich bald zu Tode erschrocken, denn irgendwie kam mir die junge Frau bekannt vor.

„Elke, bist du es?", fragte ich und verstaute meinen Dödel wieder in der Jeanshose.

Die Frau war in der Zwischenzeit auch fertig und ließ ihren Rock wieder herunter. Dabei fiel mir auf, dass sie ja nicht einmal einen Slip anhatte. Sie schaute mich verwundert an und fragte: „Kennen wir uns?"

„Wenn du auch die Technische Berufsschule in der Mozartstraße besucht hast und deine Klassenleiterin die Frau Schulze war, dann könnte es schon sein."

„Ich fass es nicht, bist du tatsächlich … Guido?"

Ich war froh, dass mich auch diesmal meine Menschenkenntnis nicht im Stich gelassen hatte. „Na klar, der Klassenkasper aus der ersten Reihe. Wie geht es dir? Du bist doch damals weggezogen."

„Stimmt, mein Vater wurde versetzt. Ich bin mit umgezogen, weil ich noch kein Geld hatte für eine eigene Wohnung. Ich habe dann eine andere Lehre begonnen und Medizinische Assistentin gelernt. Aber seit einem Jahr wohne ich wieder hier. Bin mit dem dortigen Menschenschlag nicht so richtig klargekommen. Jetzt arbeite ich an der Uni-Klinik."

„Hast du Familie? Kinder?"

„Kinder habe ich keine. Habe bisher noch nicht den richtigen Vater dazu gefunden. Und du?"

„Meine Frau ist vor einem halben Jahr tödlich verunglückt. Sie war schwanger."

„Oh, das tut mir leid. Das ist aber tragisch."

Elke fragte nicht weiter nach, was mir auch sehr angenehm war. Stattdessen verabredeten wir uns für das kommende Wochenende. Elke war zusammen mit einer Freundin auf diesem Rockkonzert und musste wieder zu ihr zurück, bevor das nächste Konzert begann. Ich freute mich natürlich riesig, Elke nach solch langer Zeit einmal wiederzusehen, obwohl sie damals, in der Lehre, nicht unbedingt mein Typ war. Doch an diesem Abend war ich froh, mal wieder ein paar Worte mit einer Frau zu quatschen.

An dieser Stelle möchte ich erst einmal etwas darüber berichten, wer Elke ist, beziehungsweise in der
Schule war. Es war an der Berufsschule zur Ausbil-
dung als BMSR-Mechaniker, also ein typischer Män-
nerberuf. Deshalb waren wir damals froh, dass wenigstens eine Frau in unserer Klasse war. Wir benötig-
ten nicht lange, um herauszubekommen, dass die brü-
nette Elke mit ihrem langen, glatten Haar ziemlich
nymphoman veranlagt war. Es war für sie regelrecht
ein Sport, Männer, sprich ihre Klassenkameraden, anzumachen. Größtenteils trug sie kurze Röcke und eigentlich nie einen BH. Tief ausgeschnittene Dekolletés,
die ihre prallen Brüste kaum verhüllten, lenkten unsere Aufmerksamkeit lieber zu Elke, anstatt den Ausfüh-
rungen unserer Lehrer zu folgen.

Im Prinzip fing alles an, als wir wenige Tage nach
Beginn unserer Lehre Elke an den Badesee mitnah-
men, natürlich zum FKK-Strand. Während wir Männer uns ein wenig genierten, weil wir angesichts Elkes
wohlgeformten Körpers immer aufpassen mussten,
keinen Ständer zu bekommen, schien Elke mit unseren
Gefühlen zu spielen. Es machte ihr Spaß, uns ungeniert ihre Reize zu präsentieren.

Ausgerechnet ich sollte sie mit Sonnenmilch eincremen, doch nicht etwa auf dem Rücken, nein die
Brüste und den Bauch. Als ich sie fragte, ob ich mir
nicht lieber den Rücken vornehmen sollte, verneinte

sie vehement. Und auf meine Frage, ob sie ihre Brüste nicht selber eincremen könne, meinte sie, sie hätte vor, ein Buch zu lesen. Deshalb hasste sie es, die Hände voller Sonnencreme zu haben. Dieses Argument überzeugte mich schließlich.

Ich kniete mich also vor sie und begann ihre Brüste einzucremen. Sofort hatte ich eine Erektion, was die anderen Jungs lautstark bejubelten, anstatt es für sich zu behalten. Dadurch wurden auch andere Badegäste auf mich aufmerksam und beobachteten mich heimlich durch ihre Sonnenbrillen. Es war mir sehr peinlich und als Elke schließlich nach meinem prallen Glied griff und sagte: „Der ist aber auch nicht von schlechten Eltern", hätte ich am liebsten im Boden versinken können. Gott sei Dank gingen wir wenig später ins Wasser. Es war sehr kalt, sodass mein Schwanz bald wieder auf normale Größe schrumpfte.

Nach dem erfrischenden Bad spielten wir Karten, genauer gesagt Schwarzer Peter. Elke saß im Schneidersitz neben dem Handtuch im Gras. Sie machte sich nichts daraus, dass wir in dieser Sitzposition genau ihre Spalte sehen konnten. Sie hatte dichtes, schwarzes, lockiges Schamhaar, das sie aber an ihren Schamlippen abrasiert hatte. Diese waren leicht geöffnet und erlaubten uns einen Blick in das Innere ihrer rosafarbenen Schnecke. Die Feuchtigkeit ihrer Möse glitzerte in der Sonne. Die kleine Perle ihrer Klitoris lugte etwas hervor und ließ vermuten, dass sie unsere nackte Männlichkeit auch etwas in Verzückung gebracht hatte.

Wir hatten sehr viel Spaß beim Kartenspielen und mussten viel lachen. Zuweilen ließ sich Elke sogar auf den Rücken fallen und wälzte sich im Gras herum. Hin und wieder spielte sie sich sogar gedankenversunken an ihren Schamhaaren herum, drehte die dunklen Locken um ihre Finger oder zupfte daran. Es störte sie nicht, dass wir ihr dabei zuschauten, im Gegenteil, sie genoss es.

Als wir etwa eine gefühlte Stunde ununterbrochen Schwarzer Peter gespielt hatten, passierte dann folgendes: Martin erzählte irgendeinen schweinischen Witz und Elke konnte sich vor Lachen nicht mehr halten. Sie ließ sich auf den Rücken fallen, spreizte dabei ein wenig ihre Beine und auf einmal pisste sie in hohem Bogen in die Runde. Sofort mussten die anderen auch lachen. Tim kniete sich umgehend vor Elke und versuchte unter lautem Gejohle mit seiner rechten Hand ihre sprudelnde Quelle zu verschließen, was ihm jedoch nicht gelang. Wie bei einem Gartenschlauch, den man versucht vorn zuzuhalten, spritzte ihr goldenes Wasser nun in alle Richtungen und schon bald saßen wir alle da wie die begossenen, bepissten Pudel. Das Komische daran war, dass sich keiner über

Elkes Spritzeinlage erbost hatte. Stattdessen gingen wir ins Wasser und die Sache war vergessen. Vorerst.

In den nächsten Wochen, nachdem sich die ersten meiner Klassenkameraden bereits mit Elke sexuell vergnügt hatten, machte die Runde, dass Elke beim Bumsen, immer wenn sie ihren Höhepunkt hatte, pinkeln musste. Und alle fanden das affengeil. Ich wollte das natürlich auch mal live miterleben. Also versuchte ich irgendwie an Elke heranzukommen. Das war auch gar nicht schwer. Ich fragte sie einfach, ob ich ihr mal meine Münzsammlung zeigen dürfe. Elke kapierte natürlich sofort, was ich in Wirklichkeit wollte und noch am gleichen Tag nahm ich sie mit zu mir nach Hause. Leider waren unerwartet meine Eltern da und ich musste Elke tatsächlich meine Münzsammlung zeigen. Als ich sie am späten Abend verabschieden wollte, sagte sie: „Komm, lass uns noch ein bisschen Spazierengehen. Es ist gerade so ein schöner Abend."

Es waren nur wenige Schritte bis zu unserem Stadtpark. Kein Mensch war mehr auf den Straßen. Wir suchten uns eine einsame Bank und Elke begann sofort meine Hose zu öffnen und meinen Schwanz herauszuholen.

„Da wartest du doch schon die ganze Zeit drauf", meinte sie und ich konnte ihr nicht widersprechen. Sie öffnete ihre Bluse unter der sie natürlich keinen BH trug, nahm meine Hand und führte sie an ihren prallen weichen Busen. Sofort hatte ich einen Ständer und postwendend landete er auch schon in Elkes saugendem Mund. Nun steuerte sie meine Hand unter ihren kurzen Rock. Auch dort suchte man vergebens nach Unterwäsche. Die heiße Nässe ihrer Spalte verriet mir, dass auch Elke es kaum erwarten konnte, mit mir zu schlafen.

Bevor sie sich auf mich setzte, zog sie meine Jeans vollständig herunter und meinte: „Sicher ist sicher." Ich wusste zuerst nicht, was sie damit meinte, doch ich ahnte bereits etwas. Nun begann Elke einen wilden Ritt auf meinem großen Schniedel. Sie quiekte laut wie ein glückliches Ferkel und ich schaute mich unentwegt nach ungebetenen Zaungästen um.

Elke war geil wie Schmidts Katze, ihr Liebesaft lief aus ihrer Mitte und an meinen Schenkeln hinunter. Die Erwartung, dass bald etwas Wunderschönes und Geiles passieren würde, nämlich dass Elke gleich zu pinkeln anfangen würde, trieb mich fast zum Wahnsinn. Ich musste mich mörderisch darauf konzentrieren, mich zurückzuhalten. Ein vorzeitiges Kommen hätte alles zunichtemachen können. Das wollte ich unbedingt verhindern.

Auf einmal hielt Elke inne, ihr Körper krampfte sich zusammen und bebte. Ich spürte wie ihre Vagina rhythmisch zu pulsieren begann. Blitzartig stand sie auf, steckte ihren Mittelfinger tief in ihre Möse und bewegte ihn in hohem Tempo rein und wieder raus.

Dann war es soweit. Aus ihrer Mitte traf mich ein intensiver heißer Strahl und machte mich von oben bis unten nass. Sofort setzte sie sich erneut auf meinen Schwanz. „Komm, schnell. Ich will, dass du in mir kommst. Keine Angst ich nehme die Pille."

Endlich. Die Erlösung für mich. In mehreren Stößen verströmte ich mich in Elkes Möse. Doch als sie anschließend sagte: „Das war kein Pipi", wusste ich damals noch nicht, dass dies ein echter weiblicher G-Punkt-Orgasmus war. Ich wunderte mich nur, dass sich Elke nach unserer Nummer erst einmal vor die Bank kauerte und in aller Seelenruhe gefühlte zwei Liter dampfenden Urin aus ihrer Blase strömen ließ. Wo nahm sie die viele Flüssigkeit nur her?

So viel zu Elke, wie ich sie damals erlebte. Und ich war gespannt wie ein Flitzebogen auf unser Treffen am nächsten Wochenende. Ob sie sich noch daran erinnern kann, fragte ich mich. Um es kurz zu machen: Sie konnte es. Nachdem wir ein Stück raus aus der Stadt gefahren waren, wanderten wir ein wenig durch die blühende Heide.

Elke und ich hatten etwas gemeinsam: Die Freude an der Natur. Und während wir so durch den Wald spazierten fragte sie mich: „Kannst du dich eigentlich noch an den Tag erinnern, wo du mir deine Münzsammlung gezeigt hast?"

Ich musste sofort lachen und freute mich gleichzeitig, dass sich Elke ebenfalls daran erinnern konnte. „Diesen Abend werde ich wohl nie in meinem Leben vergessen. Allein schon deshalb, weil er so feucht endete."

„Die meisten unserer Klassenkameraden haben nur deshalb mit mir geschlafen, weil sie mich spritzen sehen wollten. Sie waren neugierig. Das konnte man einerseits auch verstehen. So etwas bekommt man schließlich nicht alle Tage vorgeführt. Andererseits, geliebt haben sie mich sicher alle nicht. Aber das war mir damals egal. Ich wollte nur Sex. Wie war das eigentlich bei dir? Hast du mich wenigstens ein wenig gern gehabt?"

Das war so was von einer peinlichen Frage. Vor Schreck wusste ich nicht, was ich darauf antworten sollte. Zugegeben, Elke war damals nicht unbedingt mein Typ, aber sollte ich es ihr in diesem Moment so ehrlich ins Gesicht sagen?

„Sei ehrlich!", ergänzte Elke ihre Frage, weil ich ewig nicht antwortete.

„Du möchtest, dass ich ehrlich antworte. Also dann antworte ich ehrlich. „Eigentlich warst du nicht mein Typ. Du warst mir zu mannstoll. Mir gefiel aber deine Figur, deine großen Brüste, deine dichten Schamhaare und ich wollte auch mal erleben, wovon die anderen immer sprachen und zum Teil auch schwärmten."

Elke blieb stehen und umarmte mich. „Diese Antwort hätte ich jetzt nicht von dir erwartet. Aber ich bin froh, dass du so ehrlich warst. Alles andere hätte ich dir auch nicht abgekauft. Niemand hat mich damals geliebt. Alle wollten nur das Eine."

„Und wie ist das heute?", fragte ich neugierig.

„Du meinst, ob ich beim Sex immer noch so regiere?"

Ich nickte verschämt.

„Interessiert dich das tatsächlich?"

Wieder nickte ich nur.

„Möchtest du es denn mal testen?"

„Äh! Wie? Was? Wie meinst du das?"

„Na ja, wir sind doch erwachsene Menschen. Wir sind uns ja auch nicht ganz fremd. Probieren wir es doch einfach noch mal."

„Hier? Jetzt gleich?"

„Warum nicht? Oder ekelst du dich davor?"

„Nein, im Gegenteil, ich meine nur …"

„Was jetzt? Ja oder nein?"

„Ja!"

„Los, komm mit!"

Was hast du vor?", fragte ich. Total überwältigt von Elkes Spontaneität.

„Siehst du den Hochsitz da vorn?"

Ich schaute in die Richtung, in die Elkes Finger deutete. „Ja, sehe ich."

„Also dann."

Wir steuerten den Hochsitz an und stiegen hinauf. Elke schien sich kaum verändert zu haben. Sofort zog sie ihre Bluse und ihren Rock aus. Doch ich irrte mich, sie hatte sich verändert, denn sie trug diesmal einen BH und sogar einen Slip. Darunter sprießte jedoch, genau wie damals, ihr dichter natürlicher, schwarzer Pelz. Blitzartig hatte sie sich auch der Unterwäsche entledig und stand splitternackt vor mir. Ich dagegen war etwas schüchtern und zögerte zunächst etwas mit dem Ausziehen.

„Ich habe dir damals auch geholfen, die Hose auszuziehen", sagte Elke und im Handumdrehen standen wir völlig nackt auf dem Hochsitz.

„Du sollst wissen, dass sich bei mir noch etwas ganz wichtiges verändert hat", fasste mir Elke mit beiden Armen auf die Schultern. „Ich bin nicht mehr so mannstoll, wie du es genannt hast. Wenn ich jemand gern habe, dann bin ich auch treu und gebe ihm meine ganze Liebe. Ich habe dazu gelernt. Damals war ich noch jung und musste erst meine Erfahrungen sammeln."

Ich fand süß, wie Elke das gesagt hatte und küsste sie. Es war ein langer inniger Kuss und sofort richtete sich mein Schwanz zu voller Größe auf, was Elke wohlwollend zur Kenntnis nahm. Während wir uns wie im Rausch küssten, wanderten meine Hände abwechselnd zu ihren Brüsten und zwischen ihre Beine. Sofort erinnerte ich mich an den besagten Abend im Stadtpark. Genau wie damals war Elke auch an diesem Tag tropfnass zwischen den Beinen und ich machte mich auf einen feuchten Höhepunkt ihrerseits gefasst.

Ohne uns erst lange beim Vorspiel aufzuhalten, ging es gleich richtig zur Sache. Elke stöhnte laut auf als ich meinen erigierten Penis in einer einzigen, langsamen Bewegung in sie hinein schob. Genau wie ich hatte Elke sicher schon lange keinen richtigen Sex mehr gehabt und bereits nach wenigen intensiven Stößen spürte ich, wie sich ihr Orgasmus ankündigte. Begleitet mit einem lauten, lustvollen Seufzen, vernahm ich die Kontraktionen in ihrer Scheide und hoffte insgeheim, dass sie es noch einmal so machen würde, wie zu jener Zeit im Stadtpark.

Dann ging alles ganz schnell. Mit einem geschickten Handgriff zog sie hastig meinen Schwanz aus ihrer pulsierenden Möse und sagte: „Ich möchte dich jetzt von oben bis unten vollspritzen. Knie dich hin, schnell!"

Ich folgte umgehend ihrer Aufforderung und kniete mich. Elke nahm unterdessen zwei Finger ihrer rechten Hand und massierte intensiv ihren G-Punkt. Anscheinend war er bereits dermaßen angeschwollen und empfindlich, dass nur wenige Berührungen ausreichten, um der angesammelten Flüssigkeit den Weg ins Freie zu bahnen. In diesem Moment traf ein nicht enden wollender intensiver Strahl ihres farblosen duftenden Liebeswasser auf meinen Körper. Es war ein göttliches Gefühl, ein Traum und ich wünschte mir, dass dieser Augenblick ewig dauere.

Doch wie alles auf der Welt, ging auch dieses sinnliche Erlebnis viel zu schnell zu Ende. Nachdem Elke ihre ganze Flüssigkeit über mich vergossen hatte stand ich auf und nahm sie von hinten. Dabei lehnte sie sich über die Brüstung des Hochsitzes und ihre schweren Brüste schaukelten im Rhythmus meiner intensiven Stöße. Meine Erregung war jedoch zu groß und bereits nach wenigen Sekunden füllte ich sie mit meinem Sperma ab.

Als ich nach wenigen Minuten hinunter auf die Wiese schaute, sah ich, dass ganz in der Nähe ein Pärchen auf einer Decke lag und schmunzelnd zu uns hoch sah. Doch sie konnten sicher mit uns mitfühlen, denn auch sie waren nackt und die Frau saß auf dem Bauch des Mannes.

Elke und ich sind heute noch zusammen. Ob wir vielleicht einmal heiraten werden, ist noch offen. Zusammengezogen sind wir vorerst schon mal, ich und meine Rockerbraut.

7. Meine geile Professorin

Marvin, 22 Jahre

Was den Sex und die Frauen anbetrifft, verlief mein Leben bisher nicht gerade optimal. Sicher liegt es an mir, an meinem introvertierten Wesen, an meiner Schüchternheit und an meinen extravaganten Interessen. Schon von Kindesbeinen an habe ich mich anstatt für die Mädchen in meinem Alter, lieber für die Natur interessiert. Meist bin ich in den Ferien und an den Wochenenden bereits sehr früh, noch bevor die Sonne aufging, in den Wald gegangen und habe die Lebensweisen der Tiere und Insekten studiert. Immer hatte ich einen Zeichenblock bei mir und einen Stift und dokumentierte damit auf künstlerische Weise meine Beobachtungen und Erlebnisse.

Das Bauernhaus, in dem ich auch heute noch zusammen mit meinen Eltern wohne, liegt mitten im Schwarzwald, sodass ich natürlich die besten Voraussetzungen für meine Leidenschaft hatte. So kam es auch, dass bereits frühzeitig mein Wunsch feststand, Biologie zu studieren. Das Paradoxe daran war nur, obwohl ich mich bei Tieren, Pflanzen und Insekten recht gut auskannte, wusste ich nicht sehr viel über Frauen. Natürlich war mir bekannt, dass es da noch ein anderes Geschlecht gibt, das zwei Brüste hat und bei dem weder ein Penis noch zwei Hoden zwischen den Beinen baumeln. Aber wenn ich ehrlich bin, hatte ich bis zum Beginn meines Studiums noch keine Frau in Natura nackt gesehen, geschweige denn intimen Kontakt gehabt. Komischerweise vermisste ich es auch nicht, sehnte mich nicht nach einer Frau. Oder redete ich mir das wegen meiner Schüchternheit nur ein? Ab und zu hatte ich nämlich nachts diese feuchten Träume und morgens nasse Flecke in meiner Schlafanzughose. Das nahm ich jedoch meist als lästiges Übel hin und war jedes Mal gestresst, wenn es wieder einmal passierte. Obwohl, manche Träume waren eigentlich ganz schön erregend und weckten auch schon mal sexuelle Phantasien in mir. Und wenn ich aufwachte war ich ganz oft traurig, dass alles nur ein Traum war.

Meine Kommilitonen kamen recht schnell dahinter, was ich für ein Problem hatte und sie begannen mich hin und wieder zu hänseln. Besonders die Mädels machten sich einen Spaß daraus, mich zu provozieren. Ausgesprochen hartnäckig war Sarah. Immer, wenn sie bei Vorlesungen neben mir saß, was auffällig häufig der Fall war, versuchte sie mich mit ihren weiblichen Reizen anzumachen. Sarah war nicht unbedingt eine Schönheit, vielleicht wollte sie gerade deshalb ihre Wirkung auf Männer testen. Und das ausgerechnet bei mir. Möglicherweise erwartete sie von mir, der unerfahrenen männlichen Jungfrau, eher eine positive

Reaktion, als von den anderen Männern, die bei der pickligen Körnerfresserin, wie Sarah von ihnen oft bezeichnet wurde, lieber auf Distanz gingen.

Zugegeben, obwohl Sarah nicht sehr hübsch war, hatte sie doch eine bezaubernde Figur. Dies war sogar mir aufgefallen. Ihre Brüste waren fest und voll und ihre Beine schlank und sexy. Ich glaube, wenn sie etwas mehr auf sich geachtet hätte, wären ihr sicher auch die Männer in Scharen nachgelaufen. Aber Sarah sah immer ein wenig ungepflegt aus. Ihre langen, brünetten Haare waren oft strähnig und ungekämmt und ihre Kleidung war auch nicht der neueste Schrei. Dazu kam, dass sie an ihren Fingernägeln kaute. Mich erinnerte sie immer an die Hippies aus den Sechzigern, obwohl ich diese Zeit nur aus dem Fernsehen und von Erzählungen meiner Eltern kannte.

Ich weiß nicht, warum Sarah gerade mich für ihre Spielchen ausgesucht hatte. Entweder hatte sie Mitleid mit mir oder sie fand mich doch ein wenig cool. Natürlich wussten die anderen längst, dass es Sarah auf mich abgesehen hatte und beobachteten uns deshalb mit großem Interesse. Auch in unserer Freizeit.

Unsere Uni tat sehr viel für ihre Studenten, damit es ihnen in ihrer knapp bemessenen Freizeit nicht zu langweilig wurde. Unter anderem gab es einen Zeichenzirkel, was mir natürlich sehr gelegen kam. Zufällig war auch Sarah in diesem Zirkel. Anfangs hatte ich so meine Zweifel. Ich hatte ihr einfach so viel künstlerisches Talent nicht zugetraut. Doch ich hatte mich sehr getäuscht. Dies wurde mir zu ersten Mal im letzten Sommer bewusst. Sarah hatte nämlich die glorreiche Idee, nicht nur immer Tiere und Stillleben zu zeichnen, sondern auch mal einen Akt, als eine Art Wettbewerb. Die Ergebnisse sollten dann in der Uni öffentlich ausgehangen werden.

Wir sollten uns also gegenseitig zeichnen. Jeder sollte sich ein Model aus dem Zirkel suchen. Es fällt wohl nicht schwer zu erraten, wen sich Sarah ausgesucht hatte. Mich natürlich. Ich wurde von ihr regelrecht überrumpelt. Sie kam zu mir und meinte, dass sie mich schon immer mal porträtieren wollte, weil ich angeblich eine tolle männliche Figur hätte und so natürlich aussehen würde. Mir blieb gar nichts anderes übrig, als ihrer Bitte stattzugeben. Zu diesem Zeitpunkt ahnte ich jedoch noch nicht, auf was ich mich da eingelassen hatte.

Der Mal- und Zeichenwettbewerb sollte auf völliger Freiwilligkeit basieren. Niemand sollte gezwungen werden, daran teilzunehmen. Jedes der fünf Paare, die sich bereiterklärt hatten, bekam ein eigenes Klassenzimmer zugeteilt, wo sie ungestört waren und nicht durch andere Pärchen abgelenkt wurden. Zudem sollte die Veranstaltung an einem Sonntag stattfinden, an dem die Uni normalerweise geschlossen ist. Um gleiche Voraussetzungen zu schaffen, sollten beide Partner, also das Model und auch der Zeichner, nackt sein.

An diesem 21. August, ein schwülheißer Spätsommertag, war mir bereits am Morgen sehr mulmig zumute. Am liebsten wäre ich gar nicht hingegangen, zu dieser Zeichenorgie. Doch gegen Viertel vor Sieben abends klingelte es bei mir. Sarah stand vor der Tür. Die Haare frisch gewaschen und geföhnt. Das Gesicht geschminkt. Sie trug ein Top mir Spaghettiträgern, dazu einen sehr kurzen Mini-Jeans-Rock. Eine Sonnenbrille hatte sie nach oben geschoben. Sie ruhte auf ihrem brünetten, an diesem Tag etwas gelockten, Haar. Sogar ihre Finger- und Zehennägel hatte sie lackiert. Ich traute meinen Augen nicht. Mir verschlug es fast die Sprache. „Sarah!?", bemerkte ich und es klang fast wie eine Frage.

„Ja, ich bin's. Da staunst du. Ich kann auch anders. Ich möchte schließlich nicht wie ein hässliches Entlein rüber kommen."

„Du siehst heute richtig … geil aus", gestand ich mutig und Sarah lächelte verschämt.

„Dann waren die zwei Stunden Vorbereitung wenigstens nicht umsonst. Komm, lass uns gehen."

In unserem zugewiesenen Klassenzimmer, man kann es auch kleinen Hörsaal nennen, stand bereits eine zurechtgemachte Camping-Liege bereit.

Ohne sich vor mir zu genieren zog sich Sarah umgehend aus. Das ging recht schnell, denn unter ihrem Top trug sie keinen BH und auch ihr Höschen war nur ein Hauch von Nichts. Plötzlich stand sie völlig entblößt vor mir, barfuß bis zum Hals, wie man so schön sagt. Zum ersten Mal in meinem Leben sah ich eine Frau, so wie Gott sie erschaffen hat. Ich wusste gar nicht, wo ich zuerst hinschauen sollte, auf ihre wohlgeformten großen Brüste oder auf ihre glatt rasierte Muschi, von der ich nur einen kleinen niedlichen Spalt zwischen ihren Beinen erkennen konnte. Ja, Sarah war rasiert. Ungewöhnlich bei einem mutmaßlichem Hippie, bei dem man eher einen mächtigen Busch vermutet hätte. Oder hatte sie sich extra für diesen Wettbewerb so präpariert? Möglicherweise schämte sie sich, die Einzige an der Uni zu sein, die nicht rasiert war.

„Warum schaust du mich so an? Wohl noch nie eine nackte Frau gesehen?", fragte mich Sarah dann auch noch treffend.

„Nein … doch", stotterte ich.

„Was nun? Sag, bloß, du bist noch Jungfrau?"

Ich schaute verschämt nach unten und nickte.

„Auch das noch. Soll ich mich lieber wieder anziehen?"

„Nein, bitte nicht", erwiderte ich sofort.

„Okay, dann lass uns beginnen. Zieh dich bitte auch aus! Das war so abgemacht. Oder schämst du dich auf einmal?"

Ich schüttelte energisch den Kopf und zog mich langsam aus. Sarahs nackte weiblichen Reize hatten bei mir inzwischen eine normale menschliche, oder besser gesagt männliche, Reaktion ausgelöst. Ich hatte einen Mordsständer und schämte mich ein wenig dafür. Als ich meine Unterhose auszog, versuchte ich meine Hände vor meinen erigierten Penis zu halten, doch Sarah hatte längst mitbekommen, was mein „großes" Problem war.

„Du brauchst dich vor mir nicht zu schämen. Ich sehe so etwas nicht zum ersten Mal. Außerdem kannst du doch stolz sein, auf das was da zum Vorschein gekommen ist", meinte Sarah. „Nimm bitte die Hände da weg! Wir sind doch erwachsene Menschen. Das ist doch alles natürlich. Es wäre viel schlimmer, wenn du nicht so reagieren würdest. Angesichts deines Zustandes schlage vor, dass du mich zuerst malst."

Sarah legte sich in einer provozierenden Pose auf die Liege: Auf den Rücken, eine Hand über den Kopf gelegt, die andere auf den Bauch oberhalb des Venushügels. Den Oberkörper drehte sie etwas zur Seite, sodass ihre Brüste wie auf einem Präsentierteller lagen. Ein Bein hatte sie aufgestellt und das andere etwas abgespreizt. So kam ihre, durch die komplette

Rasur eher jungfräulich aussehende, Spalte besser zur Geltung. Ihr Körper war braungebrannt und der auf Finger- und Zehennägeln aufgebrachte hellrote Nagellack ließ sie etwas verrucht erscheinen. Verführerische Nymphe, unschuldige Lolita, dachte ich so bei mir.

„Ist das so okay?", fragte sie.

"Okay", sagte ich nickend und begann mit den ersten Bleistiftstrichen. Ich stand vor der Staffelei und mein Schwanz stand wie eine Eins. Obwohl Sarah mir etwas Mut machte, war es mir immer noch peinlich, zumal sie ständig auf mein steifes Glied starrte. Manchmal hatte ich sogar den Eindruck, dass sie es in jener Situation viel lieber in den Mund genommen hätte, als langweilig und unbeweglich auf der Liege zu posieren.

Ich war sehr aufgeregt an diesem Tag. Das war sicher auch der Grund, dass ich mit dem Zeichnen nicht so zügig vorankam. Dauernd fragte mich Sarah, wie lange es noch dauern würde, da sie mal dringend aufs Klo müsse. Stets vertröstete ich sie und sagte, dass ich gleich fertig werden würde, nur noch ein paar Minuten. Doch Sarah wurde von Minute zu Minute ungeduldiger und zappeliger. Meinte, dass sie gleich auf die Liege pullern würde. Das machte mich natürlich noch nervöser und fahriger.

Nach etwa zwei Stunden war ich endlich fertig. „Geschafft!", sagte ich mit freudigen Augen und immer noch mit einem mächtigen Ständer.

Ohne einen Blick auf die fertige Zeichnung zu werfen, stand Sarah blitzartig auf, zog fix Höschen und Top an und eilte aus der Tür. Doch sie kam gleich wieder zurück und sagte: „Marvin, ich glaube, wir sind die Letzten. Es ist so ruhig auf dem Gang. Hoffentlich haben die uns nicht eingeschlossen. Ich habe Angst alleine aufs Klo zu gehen. Komm doch bitte mit!"

Ich schaute sie ungläubig an. „Mit dir? Aufs Damenklo?"

„Ja, was ist denn da dabei? Es ist eh keiner mehr da. Aber beeil dich bitte, ich mache mir gleich ins Höschen."

Ich zog mir meine Unterhose an und folgte Sarah, die zielstrebig und mit schnellen Schritten Richtung Damenklo dackelte. Am Eingang blieb ich stehen, doch sofort rief Sarah: „Komm schon! Ich habe Angst. Schnell!"

Gleich in der ersten Box stand sie, den Oberkörper ein wenig nach vorn gebeugt. Den Po hielt sie über das Klobecken. Aber warum pinkelte sie nicht. Stattdessen fragte sie mich: „Wenn du noch nie eine Frau nackt gesehen hast, dann hast du logischerweise auch noch keiner beim Pipi-Machen zugesehen, stimmt's?"

Ich nickte verlegen.

„Komm zu mir! Knie dich auf den Boden. Keine Angst, heute Morgen ist hier geputzt worden. Du brauchst dich also nicht zu ekeln."

Ich kniete mich vor das Becken und schaute gebannt zwischen ihre Beine. Mit beiden Händen zog sie ihre Schamlippen weit auseinander, ich konnte das zarte Rosa ihrer Vagina erkennen und auch deutlich ein kleines Löchlein.

„Pass auf", sagte Sarah, „gleich kommt's."

Wie hypnotisiert und zugleich auch neugierig, starrte ich in ihre Mitte, in ihre vor Feuchtigkeit glitzernde Möse. Zuerst kamen nur ein paar Tropfen aus der kleinen Öffnung, die aussah, als ob auch dort klitzekleine Schamlippen den Eingang verschließen würden. Aus den vereinzelten Tropfen wurden jedoch schnell ein Rinnsal und dann ein Strahl. Es schien, als ob Sarah die Intensität dieses Strahls steuern konnte, denn plötzlich wurde er so stark, dass er über den Beckenrand hinaus schoss und mich mitten im Gesicht traf.

„Oh, entschuldige, das war ein Volltreffer."

Ich wischte mir mit der rechten Hand über mein Gesicht und mit der Zunge fuhr ich mir über die Lippen, die etwas salzig und nach Urin schmeckten.

„Gib mir deine Hand!", forderte mich Sarah auf. Ich gab ihr meine rechte Hand. Sie nahm sie und hielt sie unter ihren Strahl.

„Und, gefällt es dir?"

„Schön warm."

„Du kannst meine Pussy ruhig mal anfassen", sagte sie, nachdem sie fertig war mit urinieren und schaute dabei auf meinen Dauerständer, der seit über zwei Stunden in dieser beachtlichen Größe ausharrte.

Sie kauerte sich neben mich, nahm den Mittelfinger meiner Hand und führte ihn über ihren Kitzler. Mit der anderen Hand griff sie nach meinem Schwanz. „Spürst du wie groß meine Perle ist? Du weißt sicher nicht, was das bedeutet, wenn du noch nie …"

Ich lächelte verschämt.

„Du brauchst nicht gleich rot werden Ich sag es dir, wenn du möchtest."

„Nein, nicht sagen. Ich weiß es."

„Okay, dann ist es ja gut. Dann wollen wir es mal versuchen. Irgendwann ist schließlich immer das erste Mal."

Was hatte sie vor? Wollte sie mich etwa verführen? Sie führte mich in den Vorraum der Toilette, an ein Waschbecken, über dem ein großer Spiegel angebracht war. Sie ging in die Hocke, nahm meine Penis in die Hand und steckte ihn sich langsam in den Mund.

„Ist der aber groß", bemerkte sie. „Passt gar nicht richtig in meinen Mund."

Mit ihrer Zunge umspielte sie vorsichtig meine Eichel, dann saugte und nuckelte sie daran, immer abwechselnd. „Gefällt dir das?"

„Jaaaa", antwortete ich mit geschlossenen Augen. Wohlwissend, dass ich jeden Augenblick kommen könnte.

Auf einmal hielt sie inne. „Ich glaube das reicht fürs Erste. Sonst kommst du zu schnell und ich habe nichts davon."

Sie stand auf, beugte sich über das Waschbecken und reckte mir ihren runden Po entgegen.

„Komm, stell dich hinter mich und fass meine Brüste an!"

Ich wusste, was nun gleich geschehen würde. Ich stand kurz vor einer Premiere und kurz vor meinem ersten Höhepunkt.

„Nimm mich von hinten, steck ihn mir schon rein!", forderte sie mich energisch auf.

Für das erste Mal stellte ich mich eigentlich ganz geschickt an. Mit meiner linken Hand suchte ich ihre Möse, teilte ihre Schamlippen und mit der rechten Hand dirigierte ich meinen Schwanz zwischen selbige. Doch dann die Enttäuschung. Meine Erregung muss derartig groß gewesen sein, dass ich bereits beim ersten Stoß in ihre enge saugende Scheide abspritzte. Im gleichen Augenblick ging die Toilettentür auf und herein kam Frau Heinemann, unsere Biologiedozentin. Wir waren fast zu Tode erschrocken. Dachten wir doch, wir wären die Einzigen in der Uni.

„Was ist denn hier los? Was macht Ihr hier?", fragte sie saudämlich, als ob sie so etwas noch nie gemacht hätte.

Schlagfertig antwortete Sarah: „Das fragen Sie, als Biologielehrerin?"

Um es kurz zu machen, wir sollten am nächsten Tag bei ihr nachsitzen. Dumm war nur, dass Sarah sich am Montag krank meldete und ich allein mit Frau Professor Heinemann war.

Wie immer trug die damals Achtundvierzigjährige, sie hatte uns mal unabsichtlich bei einer feuchtfröhlichen Feier ihr Alter verraten, an diesem Tag ein Kostüm. Und wie immer, hatte sie ihre blonden langen glatten, etwas fettigen Haare nach hinten gekämmt und zu einem neckigen Pferdeschwanz zusammengebunden. Und wie immer war da natürlich die obligatorische Hornbrille, die ihr an der Uni den Spitznamen blonde Brillenschlange einbrachte.

Sie setzte sich auf den Lehrertisch und fragte: „Warum mussten sie das ausgerechnet in der Uni tun, Marvin? Haben sie kein Zuhause?"

Ich erklärte ihr kurz, wie es dazu kam und auch, dass es das erste Mal für mich war. Ich sah, wie ihre

Augen anfingen zu glänzen. „Es war also das erste Mal für dich", duzte sie mich auf einmal.

„Ja, das erste Mal."

„Und du studierst Biologie. Ich glaube, ich sollte dir mal ein paar Fragen stellen, ob du überhaupt würdig bist, diese Fachrichtung zu studieren. Vielleicht musst du auch das Fach wechseln."

Mir schoss sofort das Blut in den Kopf. Was geht denn jetzt ab, dachte ich. Und sofort kam die erste Frage, beziehungsweise Aufgabe.

„Erkläre mir doch bitte das weibliche Geschlecht, ich meine natürlich das weibliche Geschlechtsorgan, in allen Einzelheiten! Ich glaube, das ist eine lösbare Aufgabe für dich, sollte in deinem Alter zum Grundwissen gehören."

„Äh … ja, und wie? Soll ich es an die Tafel malen, das Geschlecht?"

„Gute Idee", lächelte Frau Heinemann. „Nein warte. Ich habe eine bessere Idee."

Für einen Augenblick war sie still. Ich schaute sie fragend an. Dann schob sie langsam ihren Rock nach oben, ich sah ihren weißen Slip blitzen.

„Wir haben doch hier lebendes Anschauungsmaterial."

Frau Heinemann stand auf, stellte einen Stuhl vor den Tisch, zog ihren Slip aus, setzte sich wieder auf den Tisch und stellte ihre Füße auf den Stuhl. Langsam und demonstrativ spreizte sie ihre Beine und schaute mir dabei provokativ in die Augen. Ich konnte ihre Möse sehen. Sie war nicht rasiert. Aber wie das bei blonden Frauen häufig der Fall, ihr Haarwuchs war recht spärlich, sodass Rasieren wenig gebracht hätte. Durch die wenigen hellen Fusseln konnte man alle Einzelheiten deutlich erkennen. Ihre recht großen Schamlippen klafften weit auseinander und waren genauso feucht wie die von Sarah am Vortag, nachdem sie uriniert hatte.

„Komm bitte nach vorn!", forderte Frau Heinemann mich auf und knöpfte die Jacke ihres Kostüms auf. Ich sah ihren weißen transparenten BH, der kaum etwas verhüllte und den sie mit einem geschickten Griff ihrer rechten Hand vorn öffnete. Stolz präsentierte sie mir wortlos ihre schönen, prallen Brüste. Ihre Brustwarzen waren ungewöhnlich groß und auch ihre Nippel waren aufgerichtet, als hätten wir Minusgrade im Raum.

Ich stand auf und stellte mich unmittelbar zwischen ihre ausgebreiteten Schenkel. Ich stand so nah vor ihrer Möse, dass ich deren Geruch wahrnehmen konnte. Ein Aroma, das einen langen Sommertag widerspiegelte. Ein Gemisch von Schweiß, Moschus und Urin. Streng, aber wiederum auch anregend verführerisch. Ich war so aufgeregt und überrascht von dieser frivolen Situation, dass ich keinen normalen Satz bilden, geschweige denn auf ihre Frage eine aussagekräftige Antwort geben, konnte.

Mein Blick war starr auf ihre reife Möse gerichtet und es kam mir vor, als ob sie von Sekunde zu Sekunde größer wurde, als ob sie sich mehr und mehr öffnen würde, um mich mit ihren Lefzen zu verschlingen. Wie ein riesiger Magnet schien sie mich anzuziehen. Millimeter um Millimeter näherte sich mein Kopf ihrem nassen Geschlecht. In Gedanken sah ich meinen Kopf in dem Schlund ihrer großen Vagina verschwinden, sodass es mir die Luft nahm und ich zu ersticken drohte.

„Was ist los, Marvin?", riss mich Frau Heinemann aus meinen Tagträumen. „Hast du alles vergessen oder weißt du es wirklich nicht?"

Ich hob die Schultern.

„Pass auf, ich zeig es dir noch mal." Sie spreizte ihre Schenkel noch ein wenig weiter, nahm den Zeigefinger der rechten Hand, steckte ihn sich kurz in den Mund um ihn anzufeuchten und führte ihn dann zu ihrem Scheideneingang.

„Fangen wir am besten hiermit an. Das hier, diese kleine niedliche Perle, ist die Klitoris. Sie wird im Volksmund auch Kitzler genannt. Aber das weißt du sicher schon. Die kleine Hautfalte um sie herum nennt man Klitorisvorhaut. Bei manchen Frauen ist die Klitoris etwas größer, bei einigen sieht sie sogar aus wie ein kleiner Penis. Bevor wir zum nächsten Teil kommen, kannst du sie gern mal anfassen. Das hat sie gern. Am besten mit deiner Zunge, das hat sie am liebsten. Aber nenn mich bitte nicht immer Frau Heinemann, nenn mich einfach Rosi."

Rosi legte sich auf den Rücken und stellte ihre Beine auf den Tisch. Auch im Liegen sahen ihre Brüste immer noch riesig aus, auch wenn sie etwas an der Seite herunter hingen.

Ich setzte mich auf den davor stehenden Stuhl. Langsam näherte sich mein Mund ihrer Spalte. Vorsichtig und zart berührte ich mit meiner Zunge ihre Perle, wie sie sie liebevoll nannte. Sie hatte etwa die Größe einer Erbse und ragte fast vollständig aus ihrer schützenden Hautfalte heraus. Damals wusste ich noch nicht, dass dies ein eindeutiges Zeichen ihrer Erregung war.

Der Duft ihrer Möse stieg mir in die Nase und auch in meiner Hose tat sich etwas. Vorsichtig züngelte ich an ihrer Klitoris. Doch Rosi zeigte sich etwas unzufrieden. Sie setzte sich wieder hin und stellte ihre Beine auf meinen Oberschenkel.

„Ich glaube, ich muss dir noch etwas mehr erklären. Das wichtigste am weiblichen Geschlecht ist die Vagina."

Sie nahm beide Hände und mit den Fingern zog sie ihre Schamlippen auseinander. „Das was du jetzt siehst ist die Scheide einer Frau oder auch Vagina. Am Ausgang, also hier, was ich gerade in der Hand habe, befinden sich die schützenden kleinen Schamlippen. Und wenn ich betone kleine Schamlippen, dann gibt es natürlich auch noch große Schamlippen, hier siehst du?"

Ich nickte zustimmend. Ich wusste es ja nicht besser, habe auch noch keine andere weibliche Muschi, außer am Vortag die von Sarah, so vor der Nähe gesehen. Im Gegensatz zu Sarah, kamen mir Rosis Schamlippen jedoch sehr groß vor. Besonders, wenn sie sie lang zog.

„Schamlippen und Klitoris bilden die Vulva, den sichtbaren Teil der Vagina. Und wenn du genau in meine Vagina schaust, was siehst du da?"

Ich schaute in ihr weit geöffnetes Geschlecht. „Es ist nass."

Rosi lachte laut. „Oh nein. Du bist süß, Marvin. Ich meine, siehst du nicht das kleine Löchlein da oben?"

Ich schaute noch mal genauer hin. „Ja, jetzt ja."

„Na bitte. Das ist der Ausgang der Harnröhre. Dort kommt quasi das Pipi bei einer Frau raus. Kannst du den Schließmuskel erkennen?"

Ich nickte. Diese Öffnung hatte ich ja am Vortag bereist bei Sarah bewundern können, als sie mich sogar anspritzte.

„Dieser Bereich ist bei einer Frau ganz empfindlich. In diesem Bereich befindet sich nämlich der sogenannte G-Punkt. Das muss ich dir aber mal gesondert erklären. Das würde heute zu weit führen. Nur so viel: Wenn dieser Bereich in der Vagina richtig und intensiv stimuliert wird, gelingst es manchen Frauen sogar zu ejakulieren, das heißt, sie können richtig spritzen. Das ist aber kein Urin, das ist eine ganz andere Flüssigkeit, die dabei im Körper gebildet wird. Pass mal auf! Vielleicht kann ich es dir heute zeigen."

Sie steckte sich den Mittelfinger in ihre Spalte und es sah aus, als ob sie sich selbst fickte. So etwas hatte ich bis dahin noch nie gesehen. Ein Finger schien nicht zu genügen und sie nahm noch den Zeigefinger, wenig später auch den Ringfinger dazu. Sie schloss ihre Augen, ihr Atem wurde schneller und sie fing an lustvoll zu stöhnen. Das schmatzende Geräusch, das ihre Finger machten, als sie es sich selbst besorgte, ließ meinen Schwanz noch weiter anwachsen. Ich zog meine Jeanshose aus und auch meinen Schlüpfer. Rosis hochroter Kopf verriet mir, dass sie kurz vor ihrem Höhepunkt stand.

„Steck ihn mir rein! Komm! Schnell! Ich komme gleich", forderte Rosi mich auf.

Bis zur Wurzel verschwand mein steifes Glied im Nu in ihrer nassen dürstenden Grotte.

„Schneller, fick mich, fester!", schrie sie mich an und ich hoffte, dass sie keiner hören würde.

Ahnungslos und unerfahren, wie ich damals noch war, begann ich nun wie wild zu rammeln, wie ein Kaninchen. An diesem Tag klappte es schon besser als am Vortag, wo ich gleich beim ersten Stoß abspritzte. Ich dachte an etwas ganz anderes, um mich nicht noch einmal zu blamieren und bewegte mich wie ferngesteuert, wie instinktiv, ohne Gehirn und Bewusstsein, also typisch männlich.

Plötzlich schrie Rosi: „Raus! Schnell!" Mit ihrer rechten Hand schob sie schnell und gezielt meinen Schwanz aus ihrer Vagina und im gleichen Moment traf mich auch schon der erste kraftvolle Strahl auf meiner Brust. Es spritzte bis in mein Gesicht. Ich kostete von dem heißen Nass, indem ich mit der Zunge über meine Lippen leckte. Es schmeckte anders, als am Vortag bei Sarah und mir war klar, dass ich in diesem Augenblick gerade etwas ganz besonders erlebt hatte, nämlich eine weibliche Ejakulation.

Nachdem Rosi fünfmal sehr intensiv gespritzt hatte, forderte sie mich auf: „Steck ihn wieder rein! Ich möchte, dass du in mir kommst. Füll mich bitte ab, ich hab das so gern."

Blitzschnell verschwand mein Schwanz wieder in ihrer Vagina. Ich beugte mich über sie und tätschelte ihre schweren Brüste. Nun konnte ich nicht mehr anders. Ich verströmte mich in ihre zuckende, heiße Vagina und verharrte anschließend in dieser Position, bis mein Schwanz langsam kleiner wurde. Nachdem er aus ihrer glitschigen Öffnung rausflutschte, stand Rosi auf und sagte: „So, Herr Meissner, ich hoffe, Sie haben heute etwas dazu gelernt." Sie nahm einige Zellstofftaschentücher aus ihrer Handtasche und trocknete sich damit ihre klitschnasse Möse ab.

Ich schaute sie mit großen verwunderten Augen an. Wieso siezt die mich auf einmal wieder? Das muss man nicht verstehen.

„Das war die erste Stunde. Die anderen Stunden machen wir bei mir zuhause, wenn es Ihnen recht ist", ergänzte sie.

Rosi muss mir meine Verunsicherung angesehen haben, als ich antwortete: „Ja, von mir aus gern, Frau Heinemann."

„Zuhause bin ich auch wieder die Rosi für sie. In der Uni bitte die Frau Heinemann … und kein Wort zu den anderen."

Das mit Rosi, ich meine Frau Heinemann, ging etwa noch vier fünf Monate. Dann wusste ich anscheinend so viel, dass ich für sie uninteressant wurde und sie sich ein anderes „Opfer" suchte. Ich nahm es ihr aber nicht übel. Diese „lehrreiche" Zeit werde ich jedenfalls nie im Leben vergessen.

8. Lesbische feuchte Lust

Lara, 29 Jahre

Mein Freund, Daniel, und ich, wir hatten bei unserer Hochzeit vor acht Jahren geschworen, uns stets treu zu bleiben. Eigentlich habe ich mich immer daran gehalten. Zumindest was Männer anbetrifft, bin ich nie fremdgegangen. Damit habe ich bereits verraten, dass ich mal eine Affäre mit einer Frau hatte. Das Ganze hat sich mehr oder weniger „so ergeben", wie man so schön sagt.

Der liebe Gott hat mich, als es um den Busen ging, etwas vernachlässigt. Eigentlich bräuchte ich ja gar keinen BH, aber mit einem solchen kann man seinen körperlichen Nachteil, dank der Push-up-BH's, geschickt korrigieren. Mein sehnlichster Wunsch war es schon immer einmal einen großen Busen anzufassen, ihn so richtig zu kneten, wie die Männer es machen und daran zu nuckeln. Bei meinen Freundinnen habe ich es mir nie getraut zu fragen, ob ich mal ihre Titten begrapschen kann. Es hat sich „nicht ergeben". Vielleicht habe ich mich auch geschämt, weil ich damit indirekt zugegeben hätte, dass ich mit meinem Busen unzufrieden bin.

Im Fitness-Club lernte ich dann Anna, eine Russlanddeutsche, kennen, die seit acht Jahren in Deutschland lebte. Immer, wenn wir uns in der Umkleide begegneten, schaute ich neidisch auf ihre Monstermöpse, die sie meist unter einem altmodischen, verwaschenen BH versteckte. Dabei war Anna eigentlich ansonsten schlank und auch nicht hässlich. Sie hatte schulterlange, glatte, pechschwarze Haare und erinnerte mich an das Klischee einer Wahrsagerin oder einer Zigeunerin. Das ist jetzt aber nicht abwertend gemeint. Anna bekam natürlich mit, dass ich sie ständig musterte und sagte eines Tages: „Sei froh, dass du nicht große Brüste hast. Deine schön klein. Viel besser beim Sport. Ich gern kleinere hätte."

Es war mir peinlich, dass Anna von meinem Problem Wind bekommen hatte. „Du kannst mir ja was von deinen abgeben. Ich hätte gern etwas größere Brüste."

„Würde ich gern machen. Geht leider nicht. Warum du wollen größeren Busen? Ich kann nicht verstehen."

„Daniel würde sich sicher freuen. Männer stehen doch auf große Titten. Dein Mann ist bestimmt glücklich mit deinen Möpsen."

„Nach drei Sto Gramm Wodka russischem Mann egal, wie groß Busen. Viele Frauen in Russland große Busen. Normal bei uns, ich meine in Russland."

„Darf ich sie mal anfassen, deine Brüste? Ich möchte gern mal wissen, wie sich das anfühlt." Es kostete mich viel Überwindung, ihr diese Frage zu stellen und ich spürte, wie mir das Blut in den Kopf stieg.

Anna lachte, öffnete ihren BH und streifte ihn ab. „Wow, sind die dick, Mann", rutschte es mir raus, als ich diese Rieseneuter plötzlich vor mir hängen sah.

„Keine Angst, die beißen nicht, wollen nur spielen", scherzte Anna und nahm sie in beide Hände. „Ist nur Fett, Fleisch und Milch. Hier kannst du anfassen."

Vorsichtig fasste ich mit der rechten Hand nach eines der Brüste. „Wieso sagst du eigentlich Milch?", fragte ich neugierig.

„Ach bei mir kommen immer Milch von Mutter. Ich brauchen nur ein wenig streicheln mit Finger. Schon tropft Milch aus Nippel."

„Ist ja interessant. Kannst du das mal zeigen. Das habe ich noch nie gesehen. Ich habe noch keine Kinder."

„Hier? Ist nicht gut. Du kommen zu mir nach Hause, morgen. Mein Mann Igor auf Montage ganze Woche. Wir können Milch machen von Brust. Okay?"

Ich überlegte kurz, was ich wohl Daniel sagen sollte. Doch ich blieb bei der Wahrheit: Ich besuche Anna, meine neue Freundin aus Russland.

Anna hatte extra für mich ein russisches Abendessen bereitet. Es gab Blinys mit Hackfleischfüllung und als Vorspeise eine Lachsrahmsuppe. Dazu servierte Anna eine Flasche köstlichen Krimsekt. Bei uns würde man zu den Blinys übrigens Pfann- oder Eierkuchen sagen, je nach Bundesland. Geschmeckt hat es sehr lecker. Es war nicht unbedingt der Brüller und hat mich nicht vom Hocker gerissen, aber ich war ja auch nicht zu einem perfekten Diner geladen. Ich war ja wegen Anna hier und die präsentierte sich an diesem Abend auch sehr lecker. Es schien, als hätte sie sich extra für mich neue Unterwäsche gekauft. Sie trug ein schwarzes kurzes Kleid, darunter einen roten Spitzen-BH und schwarze halterlose Strümpfe.

Ich war froh, als wir endlich fertig waren mit dem Abendessen. Wir setzten uns auf die Couch und beide wussten wir nicht so richtig, wie wir anfangen sollten, agierten sehr nervös und unerfahren. Doch irgendwie mussten wir ja in die Pötte kommen. Also versuchte ich den ersten Schritt zu wagen.

„Ein schönes Kleid hast du heute an. Es passt gut zu deinen Haaren", machte ich ihr ein Kompliment.

„Ja, meinst du. Hat mir Igor, mein Mann zu zehnten, wie heißt das Jubiläum, nein Hochzeitstag geschenkt. Ich immer denken, etwas zu kurz. Immer, wenn ich mich setzen, dann sehen Leute meinen Schlüpfer."

„Dann lass ihn doch einfach weg", flachste ich.

Anna lächelte, zog ihr Kleid noch ein wenig nach oben, sodass ich den Spitzengummi ihrer Strümpfe sehen konnte. Dann nahm sie meine rechte Hand und führte sie unter ihr Kleid. Ich spürte die nackte Haut ihrer Schenkel und … und plötzlich spürte ich Haare, dichte Haare. Ich schaute Anna fragend an. „Hast du etwa?"

„Kein Höschen an. Tut mir leid, ich haben vergessen."

„Ja, ja, vergessen. Passiert mir auch alle Nase lang. Alzheimer lässt grüßen", machte ich mich lustig.

„Stimmt wirklich. Als ich Slip anziehen wollte, du hast geklingelt und ich schnell zur Tür gelaufen. Schlimm? Ich kann noch anziehen."

Ich schüttelte den Kopf. „Lass mal. Wenn du keinen Slip anhast, dann ziehe ich meinen eben auch aus." Und Schwups war ich auch unten ohne. Im Gegensatz zu Anna, hatte ich eine glatt rasierte Muschi, die sich Anna gleich interessiert betrachtete. „Du dich rasieren. Igor nicht mögen rasierte Frauen. Er lieben Busch an Möse. Egal, ich haben weniger Arbeit."

Anna legte sich auf den Rücken, spreizte etwas ihre Beine und präsentierte mir ihre mit dichtem Schamhaar bewachsene Pussy. Nicht einmal die Bikinizone hatte sie rasiert, ein echter schwarzer Wildwuchs. Mit meiner rechten Hand strich ich über ihren natürlichen Pelz. Noch nie in meinem Leben hatte ich eine Frau an die Möse gefasst und ich spürte wie mich diese Berührung sinnlich erregte. Nun wollte ich noch mehr. Jetzt erst recht, sagte ich mir. Mit meinem Mittelfinger tastete ich mich langsam zu ihren Schamlippen vor, die sich bereits wie aufgeblättert nach Berührung sehnten. Voller Neugier, wie ein junges Liebespaar, das seine ersten sexuellen Erfahrungen macht, erforschte ich ihr Geschlecht. Es fühlte sich ganz anders an, als meins. Nicht nur, dass es behaart war, auch ihre Schamlippen waren viel größer als meine und ihre Klitoris erinnerte mich an eine fleischgewordene Erbse.

Je näher ich mich mit meinem Kopf ihrer Möse näherte, desto mehr stieg mir deren verführerischer Duft in die Nase. Ein Gemisch aus Seife und Moschus. Als würde ihr Liebesaroma mein Handeln bestimmen, agierte ich von nun an wie hypnotisiert und ferngesteuert. Ich kniete mich auf den Fußboden und leckte genüsslich ihre nasse Pussy. Ich nahm einen Fuß in die Hand und ergötzte mich an deren Ausdünstungen. Der Geruch nach Fußschweiß und Leder störte mich nicht im Geringsten. Im Gegenteil, er steigerte mein Lustempfinden noch mehr.

Anna führte mich in ihr Schlafzimmer. Hastig öffnete ich den Reißverschluss ihres kurzen Kleides und streifte es über ihre Schultern. Es fiel zu Boden. Nun stand sie vor mir, in ihrem roten Spitzen-BH. Ihre braunen Augen schauten mich an, wie ein treues Hündchen. Sie überließ es mir, ihr den BH zu öffnen und auszuziehen. Nervös und fahrig und mit schwitzigen Händen nestelte ich am Verschluss. Für eine

Frau eigentlich eine Routinetätigkeit, doch diesmal stellte ich mich an, wie ein unerfahrener Mann, ungeschickt und hilflos.

Als ich es schließlich geschafft hatte, den BH zu öffnen und ihn abzustreifen, blickte ich auf zwei wunderschöne Brüste. So etwas hatte ich in meinem ganzen Leben noch nicht gesehen. Alles daran war echt, kein Silikon. Ihre Brüste hatten eine galaktische Dimension. Alles an ihnen wich ab vom Normalen. Ihre Brustwarzen waren groß wie Untertassen und ihre Nippel glichen riesigen, reifen Himbeeren. Sie luden förmlich ein zum Reinbeißen.

Wie ausgehungerte Raubtiere fielen wir übereinander her. Anna legte sich auf mich, ihre schweren Milchbrüste hingen über meinem Gesicht. Gierig, aber vorsichtig begann ich an ihren Nippeln zu nuckeln und sie mit meiner Zunge zu umkreisen. Es dauerte gar nicht lange, dann spürte ich, wie sich eine warme Flüssigkeit in meinem Mund ausbreitete. Langsam ließ ich ihren Nippel aus meinem Mund gleiten. Ich wollte sehen, wie die Milch aus ihren großen Brustknospen tropfte.

Anna nahm beide Hände und drückte eine ihrer Brüste. Warme Muttermilch spritzte mir ins Gesicht. Ich öffnete meinen Mund und versuchte etwas davon aufzufangen. Ihre Milch schmeckte süßlich und hatte eine leichte Fruchtnote. Vielleicht hatte sie vorher viel

Obst gegessen, süßes Obst. Anna drückte und drückte und ich schluckte und schluckte. Mehrere klitzekleine weiße Fontänen spritzten in mein Gesicht und auf meinen nackten Körper. Wie von selbst fing nun auch die andere Brust an zu tropfen und Anna spritzte mich mit beiden Brüsten von oben bis unten voll.

Ich spürte, wie auch bei mir die Säfte zu fließen begannen, jedoch nicht in meinen Brüsten, sondern etwas weiter unten. Meine verlangende Möse fing an zu kribbeln. Ich musste unbedingt etwas dagegen tun. Ich nahm meine rechte Hand und massierte meine Klitoris.

Als Anna sah, wie ich gerade selbst an mir rummachte, sagte: „Nicht selbst machen, Lara. Ich eine bessere Idee haben."

Sie nahm ein schwarzes Tuch und verband mir damit die Augen. Anschließend sollte ich mich auf den Bauch legen und sie fesselte mir die Hände auf dem Rücken.

„Was wird das denn?", fragte ich mich. Willst du mir etwas antun? Bist du vielleicht von der Russenmafia?"

Anna lachte laut. „Nein, nein, keine Angst. Überraschung. Nicht gucken!"

Ich spürte etwas Hartes zwischen meinen Pobacken. „Ah, ein Dildo. Gute Idee, du hast mich nämlich ganz schön heiß gemacht."

Das harte Etwas drängte sich langsam von hinten in meine dürstende, nasse Möse.

„Gefällt es dir?", fragte Anna.

„Schön machst du das."

Anna befreite mich wieder von den Fesseln. Auf einmal wurde ich stutzig. Wie konnte das gehen? Mit beiden Händen öffnete sie den Knoten der Fesseln und gleichzeitig schob sie mir einen Dildo in meine Vagina. Irgendetwas stimmte hier nicht.

„Wie ist das möglich Anna? Wie kannst du mit beiden Händen meine Fesseln öffnen und mich gleichzeitig mit dem Dildo ficken?"

„Das nur russische Frauen können", antwortete sie kurz und bündig.

Nein, das konnte ich nicht glauben. Warum hatte sie mir vorhin die Augen verbunden? Allmählich kapierte ich. Es muss noch eine andere Person im Raum sein. „Anna, du lügst mich an. Auch russische Frauen haben nur zwei Hände. Wer ist noch im Zimmer? Sag es mir bitte! Oder befreie mich von der Augenbinde!"

Anstatt mir zu antworten, entfernte sie die Augenbinde. Ich schaute mich um und war wie vom Schlag getroffen, an meinem Fußende stand ein Mann.

„Bitte nicht erschrecken!", versuchte mich Anna gleich zu beruhigen und setzte sich neben mich auf das Bett. „Es ist Igor, mein Mann. Er dir nichts tun wird. Er nur zuschauen."

„Hallo Lara", begrüßte mich Igor. Ein großer Mann mit Glatze und muskulöser Türsteherfigur. Er bediente das typische Klischee eines Russen.

„Hallo Igor", winkte ich Igor etwas verkrampft lächelnd und zugleich ängstlich zu. „Du willst also nur zuschauen?"

„Da", stimmte er mir auf Russisch zu und zeigte mit Zeige- und Mittelfinger seiner rechten Hand auf seine Augen. „Smotrie."

„Und warum fummelst du dann mit dem Dildo in meiner Muschi rum, wo du doch eigentlich auf Montage sein solltest?"

Igor murmelte etwas zu Anna. Anna zog sich einen BH an, um den permanenten Milchfluss zu unterbinden.

„Das ist meine Schuld, er sollte Dildo nur halten, weil ich Augenbinde von dir abmachen", versuchte Anna mir die Situation zu erklären. Igor nahm sofort den Dildo aus meiner Möse und gab ihn Anna. Langsam drehte ich mich auf den Rücken, griff mir schützend und instinktiv zwischen meine Beine und fühlte die glitschig, weichen Schamlippen meiner nach Befriedigung lechzenden Möse.

„O-k-a-y." Ich war immer noch etwas irritiert. Warum hat mir Anna vorher nichts davon erzählt. Ich fühlte mich hinters Licht geführt und wusste nicht, wie ich in diesem Moment regieren sollte. Einerseits war ich heiß wie ein Vulkan, andererseits schämte ich mich.

„Igor sich setzen in Ecke von Zimmer. Er nur gucken und Wodka trinken. Du denken Igor nicht in Zimmer."

Ich fühlte mich wie auf dem Präsentierteller, schlimmer noch, als bei einem Gynäkologen. Wenigstens hielt sich Igor raus und wollte nicht auch noch mitmachen. Das hätte ich nicht geduldet, das war ich Daniel schuldig. Ich schaute Anna mit hochgezogenen Augenbrauen fragend an. „Und nun?"

Anna streichelte meine Wange, ich sah Tränen in ihren Augen. „Seit einem Jahr Igor impertinent."

„Du meinst sicher impotent?"

„Ja, ja, impertinent. Schwanz nicht mehr werden steif. Medikamente schuld sein von Muskelaufbau. Nicht schön für mich. Ich kaufen großen Dildo. Igor mich damit ficken."

„Wart ihr schon mal bei einem Arzt?", fragte ich.

„Ja, in Moskau. Doktor Aljonow sagen, er sollen zuschauen wenn andere machen ficki ficki. Manchmal dann wird besser. Igor nicht wollen, wenn ich mit fremden Mann. Aber, er hat gesagt, Frau egal. Deshalb du. Verstehst du?"

„Ich soll ein Teil eines Experimentes sein, damit Igor wieder einen hochkriegt?"

Anna nickte verschämt.

„Das kann doch nicht wahr sein. Warum hast du mir vorher nichts davon erzählt?"

Anna weinte wieder. Tränen kullerten ihr über ihre Wange. „Ich kennen sonst keine Frau mit Vertrauen. Wir nicht viele Freunde hier in Deutschland haben. Wenn ich dir Wahrheit gesagt, du nicht gekommen und Igor vielleicht werden niemals geheilt von Impertinenz."

Plötzlich tat mir Anna leid und das Blatt begann sich zu wenden. Ich sah mich auf einmal nicht mehr als überrumpeltes Opfer, sondern als herbeigerufener Retter, quasi als letzte Hoffnung für ein riesiges Problem. In meiner Hand lag es nun, einen Mann von seiner Impertinenz, ich meine Impotenz zu heilen. Ich fühlte mich wie Jesus, der Aussätzige und Kranke von ihren Leiden befreit.

Ich versuchte von nun an zu verdrängen, dass Igor im Raum war, lächelte Anna an und winkte Igor kurz zu. Er lächelte hoffnungsvoll zurück.

„Also gut, wenn das so ist und ich Euch helfen kann."

Anna gab mir einen Kuss auf die Wange. „Danke! Du bist wie gute Fee." Dann nahm sie meine rechte Hand und führte sie zwischen ihre Beine. Ich spürte, wie ihr der Saft ihrer Möse an den nackten Schenkeln herunter lief. Ich steckte ihr zwei meiner Finger in ihre glitschig heiße Vagina und bewegte sie zwischen den geschwollenen Schamlippen.

„Du spüren, wie auch Milch laufen aus Muschi?", fragte mich Anna.

Ich lächelte sie an und roch an meiner duftend feuchten Hand, die eben noch die nasse Öffnung zwischen Annas Schamlippen tätschelte. „Da müssen wir dringend was unternehmen."

„Meinst du?" Anna zog nun ihren BH wieder aus und legte sich neben mich. „Und was?", fragte sie und gab mir einen feuchten Kuss auf den Mund.

„Ich habe auch schon eine Idee. Wir werden es uns jetzt gegenseitig besorgen. Erst ich dir und dann du mir und dein Igor wird uns zuschauen. Und wenn wir fertig sind, ist Igor geheilt. Na, ist das nicht eine tolle Idee?""

„Ja, aber ich haben bessere", meinte Anna.

„Eine bessere?", wunderte ich mich. „Gibt es eine bessere Idee, als meine?"

„Natürlich! Wir gleichzeitig uns verwöhnen."

Anna drückte mir den Dildo, der kurz zuvor noch in meiner Muschi steckte, in die Hand. Und aus dem Nachtschrank holte sie einen zweiten Dildo, es war ein nachempfundener, recht stattlicher Penis aus Gummi. Ich bekam große, leuchtende Augen.

„Prima, Anna. Das ist ja noch besser."

„Gefällt dir?", fragte mich Anna und hielt mir demonstrativ den Gummischwanz vor meine Nase.

„Das ist genau das, was ich jetzt brauche", hauchte ich, denn auch ich sehnte mich in diesem Augenblick nach einem harten Schwanz, auch wenn er nur aus Gummi war.

Anna legte sich in 69er Position auf mich und ich begann zunächst, ihre gähnende Spalte mit meinem Mund zu liebkosen. Leidenschaftlich drängte ich meine Zunge in ihre Möse und genoss ihren bittersüßen Intimgeschmack. Anna seufzte lustvoll, als mein saugender Mund ihren Liebessaft schlürfte und ihre geschwollene Spalte leckte. Nur einen kurzen Augenblick schaute ich hinüber zu Igor, der mit seiner rechten Hand seinen Schwanz massierte, der sich bereits auf dem besten Weg der Heilung befand.

Anna hielt immer noch den Gummischwanz in ihrer linken Hand, während einige Finger ihrer rechten Hand meinen Scheideneingang massierten. Ihre schweren Brüste berührten meinen Unterleib und ich spürte wie ihr Milchfluss bereits wieder in vollem Gange war.

Ich nahm nun den Dildo und führte ihn in Annas nasses Loch zwischen ihren Schamlippen. Sofort stöhnte sie lustvoll auf. Auch Anna schob nun langsam den Gummischwanz in meine erregte Möse. Gemeinsam wollten wir uns nun einen geilen Höhepunkt verschaffen. Langsam wurde unsere Stöße schneller und schon bald konnten wir nicht mehr an uns halten. Fast synchron schrien wir unsere Orgasmen heraus. Unverzüglich nahm ich den Dildo aus Annas Möse und steckte zwei Finger tief in ihre Vagina. Deutlich vernahm ich die Kontraktionen ihrer Scheidenmuskeln. Ihr Mösensaft tropfte in meinen Mund, der alles aufzufangen versuchte.

„Gib mir bitte noch mal deine Brust!", forderte ich Anna auf.

Prompt setzte sich Anna auf meinen Bauch, beugte sich etwas nach vorn und ließ mich an einem ihrer tropfenden Nippel saugen. Ihre Brust nahm mir fast die Luft und ich saugte und schluckte ihre Milch. Mir war es unmöglich, mich zu artikulieren. Auch nicht, als ich plötzlich dringend pinkeln musste, weil Anna mit ihrem Po direkt auf meine Blase drückte. Nur mit Mühe gelang es mir, den Urin zurückzuhalten.

Plötzlich spürte ich einen Gegenstand an meiner Muschi. Es war eine Hand, Finger einer Hand, doch es war nicht Annas Hand. Igor hatte sich unmittelbar vor das Fußende des Bettes gesetzt und spielte mit seinen Fingern an meinem Scheideneingang. So ein Blödmann, dachte ich. So hatten wir nicht gewettet. Igor sollte nur zuschauen. Doch was er da machte, wie er mit seinen Fingern meinen empfindlichen Kitzler massierte, versetzte mich sofort wieder in sinnliche Erregung. Doch diesmal viel stärker als zuvor. Die schmerzhaft pochende, zum Bersten gefüllte Blase wirkte wie ein Katalysator. Als Igor dann noch zwei Finger in meine Vagina steckte und meinen geschwollenen G-Punkt massierte, brachen die Schleusen und der Inhalt meiner Blase nahm den Weg in die Freiheit. Ein kraftvoller Strahl spritzte aus meiner Körpermitte, während ich gierig die süße Muttermilch aus Annas Brust saugte. Hemmungslos pisste ich über den Rand des Bettes. Was für ein schmutziger und abartiger Sex, dachte ich. Ich versuchte meinen Urinfluss für einen Moment zu stoppen, doch der Druck auf meine Blase war zu groß. Somit ließ ich auch noch den Rest des Urins in kleinen Schüben aus meinem Körper laufen.

Igor muss mein Schauspiel dermaßen angemacht haben, dass er unter lautem Stöhnen seinen Samen auf meinen Unterleib spritzte. Als er fertig war, stand er auf und umarmte Anna. Anna weinte vor Glück und stieg von meinem Bauch herunter.

Den Rest des Abends flossen keine Körpersäfte mehr, sondern reichlich Alkohol.

9. Verführung in der Umkleidekabine

Julian, 29 Jahre

Die folgende Geschichte passierte mir letzten Monat. Es begann an einem Freitag gegen achtzehn Uhr in einem Supermarkt. Ich stand mit meinem Einkaufswagen an der Kasse, als der jungen Frau, die vor mir soeben bezahlt hatte, beim Weggehen etwas herunter fiel. Ich hob es umgehend auf und wollte der Frau noch hinterher rufen. Doch sie war zu schnell weg. Ich konnte ihr nicht folgen, weil ich noch meine Waren in den Wagen packen musste. Also steckte ich den Gegenstand, von dem ich zunächst vermutete, dass es ein Tuch sei, vorerst in meine Jackentasche.

Als ich fertig war, eilte ich der Frau so schnell wie möglich hinterher. Auf dem Weg zum Parkplatz holte ich das vermeintliche Tuch aus der Tasche und checkte, dass es ein Slip war. Ein blass gelber Fleck im Schritt des Höschens verriet mir, dass es ein getragener war. Oh, dachte ich, wie kann denn so etwas passieren? Ich steckte das klitzekleine Stück Stoff schnell wieder ein, denn ein Mann mit einem Damenschlüpfer in der Hand, macht sicher einen sonderbaren Eindruck in der Öffentlichkeit, noch dazu wenn es ein getragener Slip ist. Das konnte man jedoch von der Ferne nicht sehen.

Am Parkplatz sah ich sie wieder, die Dame mit ohne Schlüpfer. Sie lud gerade ihren Einkauf in den Kofferraum ihres Wagens. Obwohl sie sich dabei etwas nach vorn beugte, konnte nicht eindeutig erkennen, ob sie unter ihrem fast knielangen Rock ein Höschen trug, oder nicht. Der Rock war zu lang.

Also sprach ich sie an: „Entschuldigen Sie, junge Frau. Sie haben da eben etwas verloren."

„Oh, was denn?", drehte sie sich umgehend zu mir um. Sicher ahnte sie bereits, um was es ging. Verlegen schob sie mit ihrer linken Hand eine Strähne ihres langen, blonden Haares hinter ihr Ohr.

Ich griff in meine Jackentasche und holte den Slip heraus. Als die junge Frau getragenes Höschen sah, wurde sie sofort rot. „Wie peinlich. Stimmt, der gehört mir", grummelte sie und riss mir den Slip aus der Hand. „Der Gummi ist geplatzt und jetzt hält er nicht mehr. Ich musste ihn ausziehen. Er muss mir versehentlich aus der Tasche gefallen sein. Ich danke Ihnen. Aber ich wollte ihn eh entsorgen", sagte sie und warf ihn in den Papierkorb, der etwa fünf Meter neben ihrem Auto stand.

„Na dann hätte ich ihn ja auch wegwerfen können. Entschuldigen Sie, dass ich ihnen hinterher gelaufen bin", antwortete ich etwas enttäuscht und leicht verärgert.

Die junge Frau fasste mich am Arm. „Tut mir Leid für meine Reaktion. Ich muss mich entschuldigen. Das war nicht so gemeint. Toll, dass es noch so aufmerksame Menschen gibt. Ich bin nur etwas im Stress, habe in zwei Stunden einen Termin. Ich bin Immobilienmaklerin und muss einem Kunden ein Eigenheim zeigen. Bis dahin muss ich mir einen neuen Slip gekauft haben. Es kommt sicher nicht gut an, wenn mir beim Treppensteigen jemand unter den Rock schaut und sieht, dass ich keinen Slip trage. Dann ist es hinüber mit der Seriosität. Aber kommen Sie doch mit, wenn sie Zeit haben. Dann können wir noch etwas quatschen. Ach, und das Sie lassen wir, ich heiße Vanessa. Und du?"

„Julian. Okay, Zeit habe ich."

„Und Lust?"

„Auch", nickte ich lächelnd, angesichts der Doppeldeutigkeit des Wortes. Ich merkte gar nicht, wie Vanessa mich gerade überrumpelte.

„Dann lass uns keine Zeit verlieren. Komm!"

Unweit des Supermarktes befand sich ein größeres Kaufhaus. Die Damenabteilung war in der ersten Etage, wie fast in allen Kaufhäusern. Und die Dessous Abteilung ganz am anderen Ende von der Rolltreppe.

Auf dem Weg dorthin erzählte mir Vanessa, dass sie sich vor einem Monat von ihrem Freund getrennt hatte, besser gesagt, er von ihr. Schuld daran, war wohl ihre Tätigkeit.

„Als Immobilienmakler ist man praktisch Tag und Nacht, wochentags und am Wochenende im Dienst. Die meisten der Kunden haben nur an den Wochenenden Zeit", redete sie im Stil eines guten Verkäufers und ließ mich kaum zu Wort kommen. Sie erzählte und erzählte. Auch während sie sich ein paar Slips zum Probieren aussuchte. Bald wusste ich fast ihre gesamte Lebensgeschichte.

„Ich werde diese drei Slips mal anprobieren. Komm doch mit. Du bist so ruhig. Ist es dir unangenehm mit mir, hier in der Damenabteilung?"

„Nein, ganz und gar nicht. Du lässt mich nur nicht ...", versuchte ich ihr vergebens zu erklären, dass sie mich kaum zu Wort kommen ließ. Doch da war sie auch schon in der Umkleide verschwunden.

„Schau mal bitte!", hörte ich sie nach wenigen Sekunden rufen.

Ich öffnete einen kleinen Spalt den grauen Vorhang und schaute in die Kabine. Vanessa war splitternackt.

„Komm schon rein!", forderte sie mich auf

Ich drängte mich zu ihr in die Kabine. Sie war sehr eng und wir hatten ungewollt den ersten Körperkontakt. „Warum bist du nackt?", fragte ich neugierig.

„Ich probiere Dessous immer nackt an. Dann wirken sie ganz anders. Gefällt dir mein Körper etwa nicht? Meine Brüste sind etwas klein, stimmt's?"

Das fand ich wiederum gar nicht. Ich fand ihre Brüste eher sehr gut gewachsen. Nicht so groß, fest und nicht zu klein, eigentlich optimal. Sicher wollte sie nur von mir hören, dass sie schöne Brüste hat. So sind Frauen eben.

„Ganz im Gegenteil. Du hast sehr schöne Brüste."

„Das sagst du nur so."

„Nein, das meine ich ernst."

„Na gut, und wie findest du den Slip?"

„Prima, sitzt ausgezeichnet."

Sie nahm meine Hand und führte sie an ihren Po. „Fühl mal, wie schön weich der ist."

Ich strich mit meiner Hand über ihren Po und mir wurde auf einmal ganz anders. Meinte sie jetzt den Slip oder ihren Popo? Egal. In meiner Hose begann sich etwas zu regen. Langsam dirigierte ich meine Hand zwischen ihre Beine.

„Was machst du da?", hauchte sie mir ins Ohr. „Hatten wir das so ausgemacht?"

„Du hast einen schönen Körper", raunte ich zurück, indem ich ihre rasierte süße Spalte unter meiner Hand fühlte.

„Lass das lieber! Wir fallen sonst unangenehm auf."

Vanessa zog ihren Slip fix aus und sagte: „Kannst du mir bitte von diesem hier eine Nummer kleiner bringen. Sieht bestimmt knackiger aus."

Ich brachte ihr umgehend den gewünschten Slip und Vanessa stand immer noch nackt in der Kabine. Sie riss mir förmlich mir den Slip aus der Hand, ließ ihn fallen und öffnete meine Jeans. Die Hose rutschte nach unten auf den Kabinenboden. Anschließend zog sie mir auch noch den Slip aus, und legte damit meinen, in der Zwischenzeit zu einer beachtlichen Größe angewachsenen, Schwanz frei. Ohne große Worte kniete sie sich vor mir nieder, nahm den Ständer in den Mund und saugte und lutschte gierig daran. Bei diesen intensiven Reizen hatte ich große Mühe mich zurückzuhalten.

Das musste sie wohl gespürt haben, als sie plötzlich ihre Aktivitäten abbrach und sagte: „Seit ich dich das erste Mal gesehen habe, wollte ich dies tun", flüsterte sie und sah mich dabei von unten her an. Es sah aus, als ob sie mich anhimmelte, wie einen Gott. „Als ich mich auf dem Parkplatz zu dir umdrehte und sich unsere Blicke trafen, war ich wie elektrisiert. Dann stand sie auf, drehte sich zur Wand um und beugte sich etwas nach vorn. „Mach es mir von hinten!"

Das ließ ich mir nicht zweimal sagen. Langsam führte ich meinen Schwanz in ihre nasse Möse.

Gerade als ich soweit war, meinen Schwanz heraus zog und ihr mehrmals auf den Po spritzte, öffnete jemand urplötzlich den Vorhang.

„Was machen Sie denn hier?", fragte eine junge Frau recht lautstark und entrüstet. Es war die Verkäuferin.

Wir waren total geschockt, fühlten uns ertappt und standen da wie die begossenen Pudel, nackt mit geöffnetem, staunenden Mund. Langsam richteten wir uns auf und auf meinen Schwanz wirkte unverzüglich die Erdanziehungskraft. Wir waren total sprachlos und natürlich schämten wir uns in Grund und Boden. Vanessa und ich, wir kannten uns gerade mal ein paar Minuten und schon wurden wir aufs äußerste kompromittiert. Ich sah mich am nächsten Tag schon in großen Lettern in der Zeitung: JUNGES PAAR BEIM VÖ.... IN UMKLEIDEKABINE ERWISCHT. WAS IST NUR LOS MIT DER MORAL UNSERER JUGEND? Die Leute würden mit dem Finger auf mich zeigen. Gott sei Dank war kein Paparazzo in der Nähe.

„Ziehen Sie sich sofort an und verlassen Sie umgehend die Umkleidekabine. Das ist ja unerhört. Ich werde Sie anzeigen."

Nachdem wir uns wieder angekleidet hatten, nahm die Verkäuferin uns mit in einen kleinen Raum. Dort nahm sie unsere Personalien zwecks Anzeige auf. Dabei hatte ich Gelegenheit, mir die junge Verkäuferin etwas genauer anzuschauen. Sie war etwa Mitte zwanzig, trug eine weiße Bluse und dazu einen schwarzen Rock, der etwa zehn Zentimeter über den Knien endete. Ihre brünetten Haare, die nicht einmal bis auf ihre Schultern reichten, waren frisch frisiert, als wäre sie soeben vom Friseur gekommen. Es duftete im ganzen Raum nach Haarspray.

Während ich mir die Verkäuferin so betrachtete, fiel es mir plötzlich wie Schuppen von den Augen. Die junge Frau, die uns vor wenigen Minuten in der Umkleide beim Vögeln erwischt hatte, war Nina, eine ehemalige Freundin. Etwa acht Jahre muss es her gewesen sein. Damals hatte sie lange blonde Haare, etwa wie Vanessa.

Nina hatte mich längst erkannt, spätestens als sie in meinem Personalausweis meinen Namen und meine Anschrift gelesen hatte. Doch sie sagte kein Wort, schaute nur ab und zu etwas hämisch grinsend zu mir. Na warte, dachte ich, das wird noch ein Nachspiel haben.

Etwas bedrückt verließen Vanessa und ich wenig später das Kaufhaus. Jedoch nicht, ohne uns für das kommende Wochenende zu verabreden. Während Vanessa in ihren Wagen stieg und losfuhr, ging ich noch einmal zurück ins Kaufhaus. Dabei fiel mir ein, dass Vanessa ja ihre Slips in der Kabine vergessen hatte.

Nina muss mich wohl bereits erwartet haben, denn sie grinste, als ich auf sie zu kam.

„Nina?", fragte ich.

Nina nickte. „So sieht man sich wieder. Du hast dich überhaupt nicht verändert, Julian."

„Und du?"

„Das siehst du doch. Meine Haare sind jetzt schwarz und ich habe etwas zugenommen. Du hast aber lange gebraucht, bis du mich erkannt hast."

„Acht Jahre gehen eben nicht spurlos an einem vorüber."

„Warum bist du noch mal zurück gekommen?"

„Erstens, weil ich dich bitten möchte, von einer Anzeige Abstand zu nehmen."

Nina setzte sich auf den Drehstuhl an der Kasse. Ihr Rock rutschte etwas nach oben. Ich konnte ihr schwarzes Höschen sehen. Absicht? „Ich hatte dich damals gehasst. Wegen dieser Schlampe, wie hieß sie gleich, Claudia. Ich hatte dich geliebt. Du warst mein erster richtiger Freund. Es hat zwei Jahre gedauert, bis ich wieder einen Mann an mich herangelassen habe."

„Tut mir leid. Es war ein Fehler."

„Ein Fehler. Das sagst du, als hättest du eine rote Ampel überfahren. Hast du mich denn überhaupt nicht gern gehabt?"

„Doch, aber …"

„Was aber?"

„Claudia hat mir den Kopf verdreht. Ich war noch jung und nicht mehr Herr meiner Sinne. Heute würde ich sicher nicht mehr auf derartige Frauen reinfallen."

Nina schaute mich einige Sekunden stumm an. „Und was ist der zweite Grund deines nochmaligen Erscheinens?"

Ich schaute verschämt auf den Boden.

„Magst du es mir nicht sagen?"

„Doch, ich kann dir es zeigen. Kommt mit!"

Ich nahm Nina bei der Hand und führte sie in die Umkleidekabine. Dort hingen noch die drei Slips am Haken. „Vanessa hat ihre Slips vergessen. Ich möchte sie kaufen und ihr nach Hause bringen."

Nina nahm einen Slip, führte ihn an ihre Nase und sagte: „Soll ich dir mal was sagen? Vanessa wollte gar keine Slips kaufen. Diese Slips passen nicht zu einer blonden Frau. Das muss auch Vanessa wissen. Sie wollte dich nur verführen. Die Slips haben sie nicht die Bohne interessiert. Sicher habt ihr Euch kurz vorher erst kennengelernt."

„Deine Menschenkenntnis hatte ich damals schon bewundert."

„Na siehst du. Außerdem sind solche Höschen gar nicht mehr angesagt."

„Was dann?"

„Schließe bitte den Vorhang! Ich kann es dir zeigen, wenn du möchtest."

Mit einem etwas mulmigen Gefühl kam ich ihrer Aufforderung nach. Was hatte sie vor? Wollte sie mich etwa genau so verführen, wie es vor wenigen Minuten Vanessa getan hatte? Ich kam nicht dazu, darüber nachzudenken. Nina öffnete mit einem Mal ihren Rock und ließ ihn nach unten fallen. „So was ist jetzt trendy", sagte sie und zeigte auf ihr schwarzes Höschen. Es war ein süßer String-Panty aus Spitze und ich überlegte was daran wohl trendy sein sollte.

Nina nahm meine Hand und manövrierte sie zwischen ihre Beine, die sie etwas spreizte. „Na, fällt dir war auf?"

Jetzt erst begriff ich. Ich fühlte, wie der Slip genau über ihrer Möse einen Schlitz hatte. Erschrocken zog umgehend meine Hand zurück.

„Da fehlt was … ich meine da ist ein Loch … äh … ein Loch im Schlüpfer", stotterte ich.

„Schön langsam, nicht so aufgeregt. Du hast Recht, das ist ein Loch im Höschen. Das ist aber nicht das einzige Loch. Möchtest du das andere auch mal anfassen? Das hast du doch früher immer so gern gemacht. Aber erschrick nicht. Es wird sich etwas anders anfühlen, als noch vor acht Jahren. Komm schon! Genier dich nicht."

Mit dem Mittelfinger meiner rechten Hand ging ich erneut auf Erkundung, drängte ihn vorsichtig durch die Öffnung im Höschen. Ich überlegte, was sie wohl damit meinte, dass sich etwas verändert hätte. Dann kam ich drauf, sie war rasiert. Im Gegensatz zu früher, wo sie voller Stolz ihren natürlichen Pelz trug, weil es mir gefiel, auch unter den Achseln. Deutlich spürte ich ihre glatt rasierte Spalte und streichelte sie zärtlich.

„Du darfst dich ruhig trauen. Uns wird kein Kunde mehr stören. Unser Haus schließt gleich. Es ist kurz vor zwanzig Uhr. Stell dir vor, wir hätten die Zeit zurückgedreht. Weißt du noch? Damals haben wir es öfter mal in Umkleidekabinen getrieben. Und wir hatten ständig Angst von der Verkäuferin erwischt zu werden. Und jetzt bin ich selbst eine."

Wie von selbst tauchte der Mittelfinger meiner rechten Hand in ihr glitschiges, feuchtwarmes Fötzchen, während ich mit meiner linken Hand meine Hose öffnete. Nina entfuhr ein lustvoller Seufzer. Der Saft, der aus ihrer Möse zu fließen begann und schon bald meine gesamte Hand benetzte signalisierte mir ihr heißes Verlangen. Aus ihrer Mitte entströmte ein betörender Duft und stieg mir in die Nase. Meine geöffnete Hose rutschte langsam nach unten. Schnell schob ich auch meinen Slip nach unten. Somit hatte mein Schwanz Platz, sich zu voller Größe aufzurichten. Obwohl es noch gar nicht lange her war, dass ich mit Vanessa gevögelt hatte, war ich schon wieder geil wie ein Rudel läufiger Wölfe. Nina fasste gleich nach meiner stattlichen Erektion und meinte: „Weißt du, wie ich ihn vermisst habe. Komm! Ich möchte es von hinten, genau so, wie du es Vanessa besorgt hast."

Nina beugte sich nach vorn und hielt sich am geschlossenen Vorhang fest. Ich stellte mich hinter Nina und schob meinen Penis langsam zwischen ihre gierigen Schamlippen. Wieder ein Seufzen, diesmal noch intensiver, lauter, glücklicher. Während ich mit meiner linken Hand unter die geöffnete Bluse fasste und ihre Brüste knetete, versuchte ich mit meiner rechten, nach ihrem Vaginalsekret duftenden, Hand ihre Klitoris zu stimulieren.

Immer schneller und intensiver wurden meine Stöße und ich konnte deutlich ihren herannahenden Orgasmus spüren. Als ich die erregenden Kontraktionen in ihrer saugenden Vagina vernahm, war es dann auch bei mir soweit. Dann nahm das Unheil ihren Lauf. Ninas Körper bebte, krampfhaft hielt sie sich am Vorhang fest. Plötzlich gab dieser nach und fiel herunter und Nina kippte nach vorn. Es war wie in einem schlechten Theaterstück. Der Vorhang fiel, Nina kippte um und mein Schwanz rutschte aus Ninas Möse. Im gleichen Augenblick spritzte ich in hohem Bogen ab und als ich aufschaute stand Vanessa vor der Kabine, die den ersten Schwall meines Spermas abbekam.

„Vanessa?", fragte ich. „Wie bist du denn hier reingekommen? Ich dachte, das Kaufhaus ist schon längst geschlossen."

Nina zog rasch den grauen Vorhang schützend über ihren nackten Körper. Sie sagte kein Wort.

„Du alter Lustmolch. Ich hatte tatsächlich gedacht, du meinst es ernst mit mir", schimpfte Vanessa, indem sie sich mit einem Papiertaschentuch hektisch mein Sperma von ihrer Bluse wischte. „Ihr Männer seid doch alle gleich."

„Warte, ich kann die alles erklären. Nina und ich, wir kennen uns seit vielen Jahren."

Vanessa fing an zu weinen. „Ich scheiß auf deine Erklärung!". Kurze Pause. „Ach ihr kennt Euch. Das ist ja interessant. Wir kennen uns auch. Du hast ja komische Bekannte. Vögelst du mit allen Frauen rum, die du … kennst? Das war's dann wohl. Ich hoffe, wir begegnen uns nie wieder."

Dann schritt sie eilig davon und stampfte demonstrativ hart mit ihren Pumps auf den Teppichboden. Nach ein paar Metern drehte sie sich noch einmal um. „Übrigens die Slips nehme ich nicht. Ich leide doch nicht unter Geschmacksverirrung. Die kann deine Neue anziehen, wenn sie da überhaupt reinpasst mit ihrem dicken ... na ja, lassen wir das." Dann verschwand sie endgültig und ich sah sie nie wieder.

Mit Nina bin ich übrigens heute noch zusammen. Und es scheint so, als ob es etwas für die Ewigkeit werden würde.